ショートショートの小箱3

開けてもいい玉手箱

目代 雄一

書肆侃侃房

開けてもいい玉手箱

目次

Ⅰ章　食い鉄列車

Ⅱ章　しばてん

Ⅲ章　饅頭先生

Ⅰ章　食い鉄列車

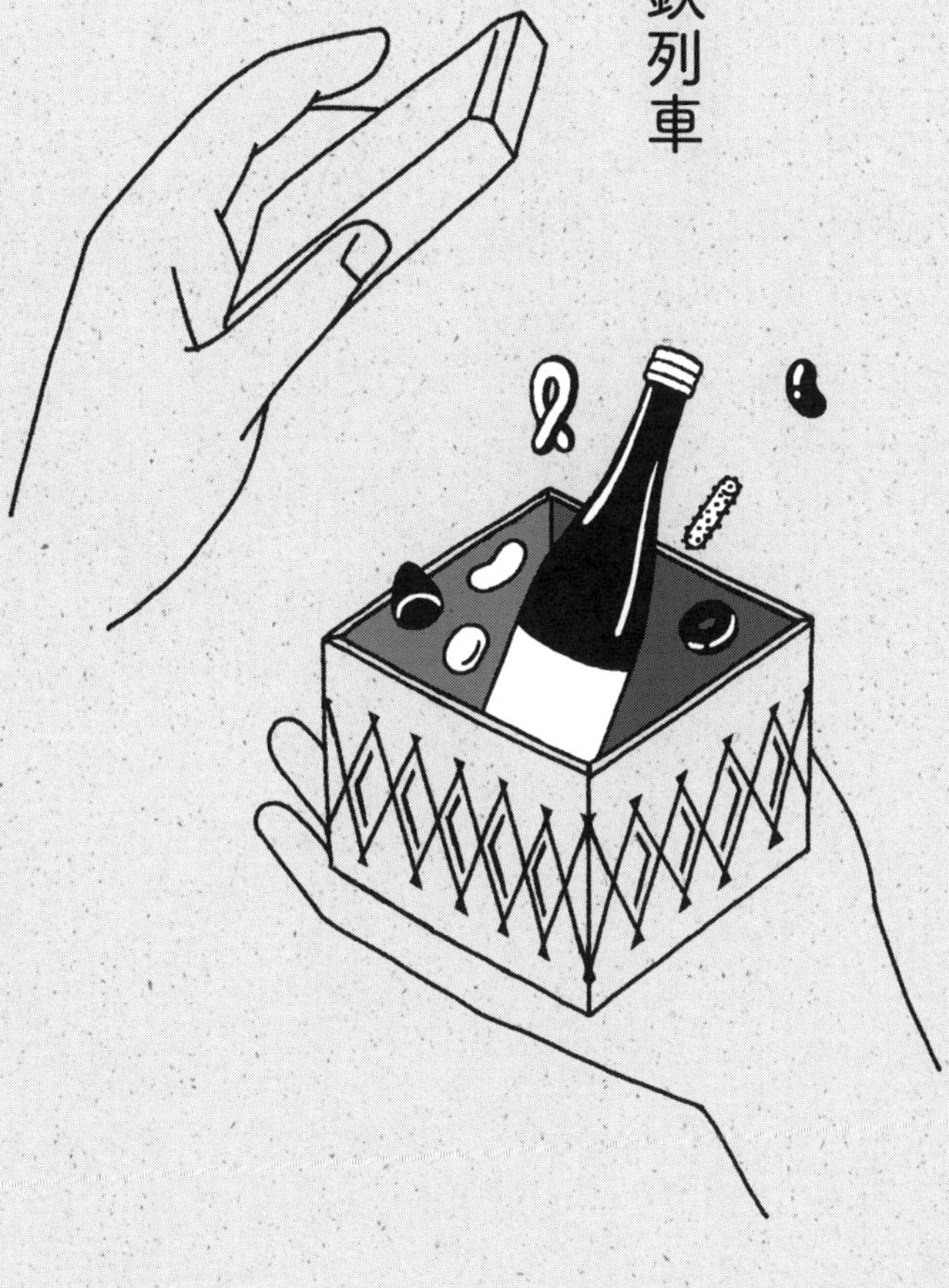

幻のように

遍路リピーターの陰山が、そえみみず遍路道に入った。

四国遍路の37番札所、岩本《いわもと》寺への途中にある道だ。その名のとおり、くねくねとうねっている。長い間、廃道になっていたところを復元された遍路道だ。今は夏草が生い茂り、雑多な木々が陰山を包み込んでいた。

――おや？　あんな若い娘が一人で歩き遍路をしている。

前をゆく娘に追いついた陰山が声をかけた。

「娘さん、何か事情でも？」

「はい、バスの事故で亡くなった母の供養で……」

娘の話では、帰省のため母親と高速バスに乗った。すると、急カーブでバスが横転して大破。母親をはじめ、大勢の人が亡くなってしまったという。

娘は母親の写真を見せ、途中からは涙を流しながら話した。長く遍路を続けている陰山の目にも光るものがあった。

「では、お先に失礼します」

娘が歩を進めた。遠ざかるその姿は淡く、幻のようにも見えた。


夏が去り例年になく雨の多い秋となった。

陰山はまた、そえみみず遍路道に入った。今回は小雨降る午後のことだ。

――おや、こんな雨の中を女の遍路が。

前をゆく女に追いついた陰山が声をかけた。

「雨の日は大変ですね。あっ！」

女は、夏に若い娘が見せた写真にそっくりだった。陰山は恐る恐るそのことを尋ねた。女は眼差しを伏せるようにして答えた。

「亡くなったのは娘のほうなのです」

「そ、そんなことが……」

「あの事故は深夜のことで、ほんの一瞬の出来事でした。だから亡くなった誰もが、自分はどうなったのか知らないままかもしれません。きっと娘の魂が巡礼をしているのでしょう」

「切ない話だ。娘さんにまた会えたら、必ず今日のことを伝えますよ」

「ありがとうございます。わたしも娘に会いたいです。では、お先に」

女が歩を進めた。遠ざかるその姿は淡く、幻のようにも見えた。


ほどなく、前方から白装束の男が陰山に近づいてきた。札所を反時計回りに回る「逆打ち」のお坊さんだ。陰山は思わず話しかけた。

「私は陰山という者です。実は、高速バスの事故に遭ったという……」

見るからに気高いお坊さんは、黙って陰山の話を聞いていた。

母と娘の切ない話を聞き終えると、お坊さんは陰山に優しい眼差しを向けた。

「あなたは、もう何度も四国を巡っておいでのようですね」

「はい、おかげで心の垢が洗い落とされてゆく気分です。でも、お恥ずかしいことですが、歳のせいかいろんな記憶が飛んでおりまして……」

雨が本降りになってきた。このままでは、そえみみず遍路道は通行止めになるかもしれない。

「では、これで失礼します」

陰山が歩を進めた。遠ざかるその姿は淡く、幻のようにも見えた。

「陰山さん……」

そうつぶやいたお坊さんが、手のひらを胸の前で合わせた。

「あなたは、あの高速バスの運転手さんだったのですね」

食い鉄列車

いきなり、緞帳《どんちょう》がドーンと落ちてきたような衝撃だった。プロポーズを断られたのだ。新年度が始まってすぐの大安の日、それもランちゃんが大好きな大阪の遊園地での告白だったのに。

俺は、遊園地の空タクポートからタクシーに乗った。自動運転の空飛ぶタクシーだ。

ポロロンと発車を告げる電子音がした。今から傷心の旅を始める。垂直に離陸した空タクは、あっという間に海の上を飛んでいた。穏やかな瀬戸内海の大パノラマだ。岡山へ向かうフライト中、俺の心にはランちゃんの返事だけが響いていた。

「ごめんなさい」

岡山駅に到着した俺は、食い鉄列車の高知行きに乗り換えた。空タクに比べたら超鈍行だが、車内には評判の売子ロボがいる。乗客に関わるビッグデータを駆使して、小粋なサービスをしているらしい。

まもなく、列車はかなり古びた瀬戸大橋にさしかかった。島巡りの水陸両用バスが白波を蹴立て、青い海面がキラキラと輝いている。ああ、ランちゃんも輝いていた。あっ、いかんいかん。今から食いまくるぞ。タイミングよく売子ロボがやってきた。見た目はふつうの人型ロボットだ。ただし、胴体部分が冷温庫になっている。

「おススメは、四国四県のグルメグミです。もし売り切れたときは、ごめんなさい」

「こらっ！　ごめんなさいって言うな！」

むっとした俺は語気を荒らげた。

「とりあえず香川のグルメグミをくれ！」

グミの最初の味は「讃岐うどんのかけ」だった。窓に貼られた透明のディスプレイには、艶のある「かけ」が映っていた。足元の香り発生装置からは、イリコだしの香りが立ち上がり食欲をそそる。多度津では「ぶっかけ」味、善通寺では「釜揚げ」

味に変わった。グミを噛むともちっとした弾力がある。讃岐うどんの麺と同じ食感だ。味覚カプセルが舌で弾け続けている。琴平では「骨付鳥」の味になった。噛むたびに、濃厚なもも肉の旨みが口の中に広がる。売子ロボを呼んだ俺はビールを注文した。

「おススメのさぬきビールは、5度に設定しています。キンキンに冷えたのが好みであればごめんなさい」

「こらっ！　ごめんなさいって言うな！」

　山を越えた列車は、蛇行する吉野川に沿って走り続ける。俺は徳島のグミも買った。最初の味は「徳島ラーメン茶系」だった。濃い豚骨醤油スープに生卵がのっている。麺は細めのストレートだ。そして、お次は「黄系」がきた。鶏ガラや野菜などが加わったスープの味だ。阿波池田では、とんこつラーメンに近い「白系」の味を楽しんでいると、「土讃線で最も景色が美しいところです」という車内放送が流れた。優美な小歩危《こぼけ》と雄大な大歩危《おおぼけ》だ。緑色の川では、船頭ロボが透明な観光筏《いかだ》で川を下っている。ああ、ランちゃんと、こんなスリリングな筏に乗りたかった。あっ、いかんいかん。今は食い鉄だ。グミは「フィッシュカツ」に変わっていた。カレー風味のスパイシーな味にハマりそうだ。

「おーい、チューハイもくれ」

「すみません。人気のすだちチューハイは売り切れました。ごめんなさい」

「こらっ！　ごめんなさいって言うな！　何度言ったらわかるんだ！」

「すみません、代わりにこれを」

売子ロボが「ゆずチューハイ」を差し出した。甘酸っぱく清々しい味……ということは初恋の味。初恋といえばランちゃん。

「いかんいかんいかんいかんいかんいかーん！」

列車はトンネルをいくつもくぐり、高知平野へ向かって下り始めた。線路の両脇の緑がどんどん過ぎ去ってゆく。俺は高知のグミも頼んだ。グミはカロリーゼロなので肥満の心配はない。

「なるほど、高知といえばこれだな」

窓には厚切りの鰹のタタキが映っていた。あぶった皮の歯ごたえと赤身の旨みが絶妙。スライスしたにんにくは最高の薬味だ。これは日本酒を飲まないと。

「おーい、高知の地酒をくれ。熱燗で頼む」

列車は平野部を軽やかに走り抜ける。車窓には大豆畑が広がり、ヘルシーさがウりの人工肉工場が立ち並んでいる。グミは淡白なのに旨みが強い「ウツボの刺身」、まるでトロのような脂がのった「清水サバの刺身」と変わってゆく。熱燗の酒は高知で人気の名酒らしい。グミと違ってアルコール類は本物だ。でも、無臭ウコンの濃縮エキス入りなので肝臓にやさしい。おっと、シメは「屋台の餃子」だ。薄皮のパリッとした食感が香ばしい。これはやみつきになるな。

「おーい、冷酒もくれ。純米大吟醸だ。イーヤッホー！」

高知駅に着くと、売子ロボが近寄ってきた。

「たくさんのご購入、ありがとうございました。サービスとして重要なお知らせです。ラン様が、遊園地のベンチで泣いていますよ」

「えっ、な、何で？」

「ぜひ、ラン様に電話してみてください」

スマホを立体テレビモードにした俺は、ランちゃんに電話をかけた。

「も、もしもし。俺だけど」

ズームしたランちゃんの目は、微かに濡れていた。

「ごめんなさい。今日は……」

そのあとの言葉を聞くやいなや、俺は高知駅の空タクポートを目指して走り出した。乗り込んだのは、もちろん空飛ぶタクシーだ。すると売子ロボが追いかけてきた。

「サービスでこれも差し上げます。さあ、これを手土産に今度こそ首尾よく！」

それは謝罪の聖地、御免町の酒「ごめんなさい」だった。なるほど、噂通りの小粋なサービスだ。

ポロロンと発車を告げる電子音がした。垂直に離陸した空タクは、あっという間に山の上を飛んでいた。雄大な四国山地の大パノラマだ。遊園地に向かうフライト中、俺の心にはさっきのランちゃんの言葉だけが響いていた。

「ごめんなさい。今日はエイプリルフールでしょ。ワタシ、かつがれたと思って……ついごめんなさいって言っちゃった」

廃病院

俺はフリーのライター。そういえば聞こえはいいが、実際は何でも屋だ。いろんな雑文を書き散らしている。

今は、指示されたアパートで取材を始めたところだ。この部屋に入ったのは深夜のこと。北側の窓を開けると目の前は廃病院だった。街灯の灯りに建物全体がまどろんでいる感じだ。周りにロープが張られ、立ち入り禁止の表示がある。アスファルトの隙間から雑草が伸びていた。くすんだ外壁には黒い汚れの筋が伝い、「ヤブ医者は許さない」という落書きも……。取材といっても、この部屋から眺めるだけだ。見るからに気味が悪い病院なので、そばまで行こうという気になれない。

この取材を受けたのは今朝のこと。知り合いの編集長に呼ばれての仕事だった。

「廃病院ネタで一本頼むよ」

「幽霊が出たとか、撮った写真に怪しいものが映っていたというヤツですね」

「君ならもっと面白い原稿が書けるだろう」

「いやあ、俺は都市伝説系が苦手なんですよ」

「ネタはある。まだネットにもない最新情報だ。本物の廃病院ネタだよ。取材ができるアパートの一室を押さえている。今晩泊まって書いてくれ。頼んだよ」

俺はずっと病院を見続けたが、何の変哲もないしんとした建物だった。仕方なく「二階の窓に灯りがともり、屋上には黒い影が現れた」ということにして、パソコンを叩き始めた。編集長によると、この病院は医療ミスが原因で潰れたらしい。そこで、灯りがともった部屋は元手術室。屋上の黒い影は、ミスで亡くなった青年の彼女。絶望して両手を合わせた彼女は屋上から飛び降りて……。そんな話をでっちあげた。

翌日のこと、家にもどった俺は出版社に原稿を送信した。すぐに編集長から電話がかかってきた。

「おい、肝心な事実を入れて書き直してくれ」

「えっ？　何の変哲もないふつうの病院でしたよ」

「それだよ。それ」

編集長は熱のこもった口調だ。

「はぁ？」

編集長がゴクリと生唾を呑んだ。

「君は見たんだろう。あの病院はね、とっくに取り壊されているんだよ」

未来の縄文

空はどこまでも青く、太陽が眩《まぶ》しく照りつけていた。ムラには竪穴式住居が建ち並んでいた。地面を掘り、柱を建て、屋根をかけた半地下の家だ。どの家にも、監視カメラが取り付けられている。雲一つない空からは、ドローンが地上を監視し続けていた。

今は、人類が思い描いていた二十二世紀ではなかった。銀河最高裁判所の判断で、縄文時代に戻されてしまっていたのである。狩猟採集に明け暮れる生活。その一日をある少年の目線で語るとすると……。

日の出とともに目が覚めた。いつものように、祭壇に手を合わせてから朝ご飯を食べる。クリとキノコのサラダだ。クリは全部食べたけど、見た目が気持ち悪いキノコは残してしまった。残しても叱られないけど、残飯はしっかり片づけないと。たまった残飯は、ムラの生ゴミ処理場に捨てに行くことになる。神様が、魔法の機械で液肥化してくれる仕組みだ。天気がいいので、パパロボは山へ狩りに出かけた。ママロボは川で洗濯をする。ボクは近くの雑木林で山菜を摘むことにした。それがすむと家にもどって土器作りだ。今は小さな土器がやっとだけど、火が燃えているような大きい土器も作ってみたいな。

　昼過ぎには、パパロボがイノシシを引きずって帰ってきた。やっぱりパパロボは弓の名人だ。石器でさばいたシシ肉はご馳走だ。石匙《さじ》で皮をはぎ、なめしたものは寝具にする。解体後の気持ちが悪いゴミはボクが片づけた。ちゃんと後始末をしないと、神様の罰が当たるらしい。かなりのゴミが出たので、ママロボと生ゴミ処理場に捨てに行った。汚い生ゴミを肥料に変えるなんて、やっぱり神様ってすごい。

　日が沈むと、祭壇の神様にお祈りをする。今日一日の感謝と明日の収穫をお願いした。

空にはたくさんのドローンが飛んでいて、そこから神様が見守ってくださっている。さあ、お祈りのあとは楽しい晩ご飯。今夜はもちろんシシ鍋だ。家の真ん中にある炉でゴトゴト煮込む。具の山菜はボクが摘んできたものだ。ああ、おいしい！シシ鍋、サイコー！

お腹が膨れたので横になった。明日はムラのお祭りの日。クルミのクッキーが楽しみだ。ああ、早く明日がこないかなあ。

音もなく、夜空に葉巻型ＵＦＯが現れた。中では、エイリアンたちが円卓を囲んでいる。地球浄化委員会の会合だ。皆、丸みを帯びたメカニカルな服を身に着けている。各委員たちからの報告が始まった。

「不法投棄、産業廃棄物、ダイオキシンは問題のないレベルまで片づきました」

「海洋と大気中のマイクロプラスティック汚染も同様です」

黙って聞いていた委員長が円卓を叩いた。

「それで核のゴミ処理はどうなの」

「委員長、我々でも一万年以上かかかるという見通しに変わりありません」

「やっぱり一万年以上なのね」

「はい。銀河最高裁判所が、縄文の大昔まで時間を戻したのは妥当な判断でした」

すっくと立ち上がった委員長が声を荒らげた。

「人間はゴミの後始末もできない族《やから》よ。知的生命体の風上にも置けぬ奴らだわ」

「はい。我々は、裁判所の判決通りに事を進めています。もうすぐ、シェルターに逃げ込んだ極悪な奴らも……」

「一刻も早く逮捕しなさい！　大人たちは全員有罪なのよ」

「はい。委員長、子どもには親代わりのロボットを与えました。ゴミの後始末についての教育を徹底しています。現在の様子をご覧ください」

ＵＦＯ内の幾何学模様の壁が、三次元スクリーンに変わった。そこに映し出された子どもたちは、獣の皮にくるまれてすやすやと眠っている。どの竪穴式住居の中も、きれいに整理整頓がされていた。

「もう、同じ過ちを何度も繰り返さないでね。あなたたちは、地球再生の希望なのだから」

委員長の顔つきが初めてやわらいだ。

不意にピピッという電子音がして、ドローンからの映像に切り替わった。拘束された大人たちが連行されている。シェルターに潜んでいた大富豪や大物政治家たちだった。

「委員長、これで全員捕えました！」

委員長がその目を細めた。その姿は、竪穴式住居の祭壇に鎮座する土偶そのものだった。顔のほとんどが目という遮光器土偶だ。それは、宇宙服を着た女神のようにも見えた。

また、委員長が円卓を叩いた。

「さあ、捕えた奴らを生ゴミ処理場へ！」

真二つの人

「石黒さん、どうですか？」

「若、まだ現れません」

西田と石黒は、大型ショッピングモールにいた。買い物や食事などではない。「真二つの人」を探し出すという仕事だった。

西田は、自宅兼店舗の葬儀屋を営んでいた。父親が病に倒れたので、サラリーマンを辞めて後を継いだばかりだ。病室で、西田は父親からこう耳打ちされていた。

「葬儀屋の需要はなくならない。それに、うちには石黒さんがいるからな」

年齢不詳の石黒は、仙人のような白髭を生やしていた。古株の社員で西田のことを若と呼んでいる。不思議なことだが石黒には真二つの人が見えた。真二つの人とは、頭から縦に真っ二つにした半分の姿で見える人のことだ。左半身だけが見えていて、右半身のほうは透明人間のように消えている。それは、すでに半分あの世に踏み込んでいるということだった。街で見かける真二つの人は、必ずその日のうちに亡くなっていた。

不意に石黒が囁《ささや》いた。

「若、現れました。あの肥った中年の男です」

二人は、いつものように右手で握手をした。社長の父がしていたルーティンを引き継いだものだ。西田も、握手をすると後々の流れがよくなる気がしていた。

このあと、二人は肥った中年男を尾行して家を確認する。そして何食わぬ顔で訪問する。そこで「もしものときの備えとして当店のご説明を……」と切り出すのだ。相手が乗り気でない場合は、パンフレットを置いていく。それは、誰もが驚くような格安の葬儀プランだった。さらに、墓石や仏壇などのお得な情報も満載だ。それでも百パーセントうまくいくわけではないが、かなりの高い確率で依頼があった。

こんなピンポイントの宣伝ができるのは、石黒のおかげだったのだ。

訪問して宣伝をした夜、あの肥った中年男は亡くなった。就寝中の心筋梗塞だ。翌朝家族から依頼の電話があった。西田葬儀店が大儲けをするわけではないが、客が途切れることはなかったのである。

その晩のこと。定刻に退社した石黒がなぜか店にもどってきた。その顔つきがいつもと違う。石黒は、しばらく沈黙してから硬い口調で言った。

「若、長い間お世話になりました。私は退職しようと思っています」

「えっ、なぜそんなことを？」

「実は、帰り道に社長のお見舞いに伺いまして……」

「それはどうも。僕もこれから妻と病院へ行くところでした」

「若、残念ながら社長は真二つの人に見えました」

「ええっ！　す、すぐに病院に行くよ。医者にも訊いてみる」

「若、真二つの人に見えたら、もう何をやっても無駄なのです」

石黒はきっぱりした口調で言った。

「そんなこと言わないでくれよ」

西田は思わず右手を差し出して握手を求めたが、石黒はぴくりともしなかった。無視されたと思った西田は、戸惑いながらも言った。

「とにかく病院に行ってくる。続きはまたもどってから」

西田は大声で妻を呼ぶと、あわてた様子で助手席に座らせた。さっと背を向けた石黒を見た妻は少し首を傾げた。西田はぎゅっとハンドルを握ると、アクセルを強く踏み込んだ。あっという間に、二人を乗せた車のテールランプが遠ざかってゆく。

「まさかのことが……」

店の前では、こめかみを押さえた石黒がため息をついた。

「若も奥さんも真二つの人だった。ということは、もうすぐ夫婦一緒に……」

笑う板金屋

空飛ぶ車があたりまえの時代になった。垂直に離着陸し、ヘリコプターやドローン、小型飛行機の特徴を併せ持つ反重力の機体だ。

「すごーい！」

新米保育士の陽菜《はるな》も、憧れの新車を手に入れて初のフライトを楽しんでいた。

「思ったより騒音もないし気持ちいい！　次はピーちゃんも乗せてやりたいな」

ピーちゃんとはペットのインコのこと。この時代、ペットの鳥はＡＩチップで管理され、鳥かごなしで飼えるようになっていた。それに合わせた品種改良も進み、鳥は一番人気のペットとなっていたのだ。

陽菜のピーちゃんも、家の周辺から決して逃げることはない。陽菜が窓を開けると、肩に乗ってきてエサをねだる。いつも可愛い声で鳴き、陽菜が留守のときは警備員としての役割も果たす。夜でも「夜間モード」をオンにしておけば、鳥目でも警備可能となるのだ。

初フライトの帰りのこと。ボディに軽い衝撃を感知した陽菜の車は、念のための緊急着陸をした。

「あー、たぶん鳥ね」

陽菜が肩をすくめた。車に野鳥が当たってきた衝突事故だ。空飛ぶ車は鳥がぶつかってきても安全だが、傷や凹みはどうしてもできてしまう。

「こういうときは板金屋さんね」

陽菜は、近くの「バードストライク板金」に寄ることにした。

「いらっしゃい！」

薄い口髭を生やした店主が出迎えた。地面のすぐ上に浮いている陽菜の車を、店主は舐めるように眺めまわして言った。

「お客さん、ボディの傷はかなり深いですね」

「修理代はおいくらぐらいですか？」

「相場では六万ですね」

「六万も……」

「はっはっは、きれいな娘さんなので片手におまけしましょう。五万でどうですか？」

「ありがとうございます、買ったばかりだし、他のお店も知らないのでお願いします」

「はっはっは、この辺りの板金屋はもうウチだけですよ。完全自動運転の普及で、交通事故は激減したからね」

「週末までにできますか？」

「お任せください。新車にもどしておきますよ。はっはっは」

店主の明るい笑い声に安心した陽菜は、代車に乗って帰っていった。

「さてと……」

店主が店の裏庭にやってきた。すると、黒い鳥が飛んできて店主の肩に乗った。

「はっはっは、可愛いヤツ」

店主は黒い鳥を止まり木に移すと、別のＡＩチップに取り替えた。ブラックチップと呼ばれる非合法なものだ。

店主がいつもの道具をくわえさせた。

「よし、行け！」

黒い鳥が勢いよく飛び立った。ほどなく、甲高い電子音が鳴った。ブラックチップの「当たり屋モード」がオンになったのだ。

雲を抜け大空をかけるカラス。

ぎゅっとくわえた小刀が、ぎらりと光っている。

グレーゾーン

あの世の裁判官、閻魔《えんま》大王は迷っていた。

――うーん、最近は判断が難しいヤツらが増えてきた。目の前のこいつも、過去にいろんなことをやってきたようだし……。

閻魔帳を閉じて考え抜いた末、閻魔大王はある決断をした。

――もう一つ新設しよう。

これまでの天国と地獄に加えて、グレーゾーンをつくったのだ。

そこは天国的なところもあり、地獄的なところもあるグレーな場所。愛、癒し、心地よさだけではなく、憎しみ、不快、苦痛なども混在する世界だった。

その後も、判断が難しいタイプが次々にやってきた。

——迷ったらここだ。

閻魔大王は、新設のグレーゾーン行きを命令した。

グレーゾーンは大宇宙の片隅に設けられていた。

見た目はブルーの美しい星だ。

住民となった者たちは、やがてこの星のことを「地球」と呼ぶようになった。

雑居ビルの怪

大学生のサムが、古ぼけた雑居ビルにやってきた。警備のバイトをするためだ。バイト初日なので中年のオーナーが出迎えた。

「前の警備員が失踪してしまってね。君はしっかり頼むよ。給料は最後の日だからね。もうすぐ耐震工事が始まるからどの階も空いている。でも、この辺りは物騒だから見回りが必要なのだよ。前の警備員も地下室で……」

「えっ」

サムが眉根を寄せた。

「いや、何でもない」

オーナーが眼鏡の奥で目を瞬かせた。

バイトは特に何事もなく最終日を迎えた。サムが地下室への階段を下りていると、ドンドンという音が聞こえてきた。音がした方へ向かったサムは、奥のエレベーターの前で立ち止まった。

――音はやんだけどたぶんこの中から……。

サムはおそるおそるエレベーターに乗り込んだ。重苦しい淀んだ空気が漂う。閉じた戸には小さな窓があった。サムが一階を押すと、ガタガタとぎこちない音を立てながら昇り始めた。すぐにチーンと音がして一階に着いた。

「うあっ！」

サムが目を見開いた。無人のはずなのに、白い布を纏《まと》った女がいたのだ。女は口から血を垂らしていた。サムはすぐに二階を押した。チーン。そこにも同じ女がいた。息を呑んだサムは最上階の五階を押した。エレベーターは、少し揺れながらも昇ってゆく。どの階の乗車扉も開いていて、窓からはあの白い布の女が見えた。サムは血の気を失った。チーン。五階だけは乗車扉が閉まっていたが、ボコッと天井に穴が開いた。そこから大きな鎌が垂れてきたのだ。その刃先には血がついている。サムの背中に冷たい汗が滲んだ。すると、ドンドンと天井でとび跳ねる音がして、エレベーターがぐらぐらと揺れ始めた。

——さっき地下室で聞いた音だ。

サムはあわててすべての階のボタンを押した。エレベーターがゴーッと降り始める。やはり、どの階にも白い布の女がいて降りられない。だが、天井でとび跳ねる音はより激しくなるばかりだ。

——ワイヤーが切れるかもしれない。あっ、一階に女はいない。

サムは急いで一階にとび出た。が、ホッとしたのもつかの間、棚の後ろに身を潜めていた女が近寄ってきた。手には花束を抱えている。サムはドアを蹴破り地下への階段を下った。女は後を追ってくる。奥のエレベーターまで追い詰められたサムは目を見開いた。一人、また一人と白い布の女たちが階段を下りてきたのだ。全部で四人もいる。身体中の毛穴が開いたサムは乗車扉にへばりついた。それを待っていたかのように、ウィーンと扉が開いた。そこには、黒いガウンを着た骸骨が乗っていた。手には血のついた大きな鎌を持っている。

「し、死神？」

一人の女がサムの足元に花束を置いた。枯れた花を寄せ集めた貧相なものだ。サムは添えられたカードに目を凝らした。

『安らかな眠りをお祈りしています』

「た、助けて」

その場にへたり込んだサムに、骸骨が低い声で告げた。

「今すぐビルから出て行け。もう絶対に来るなよ。そうすれば命だけは助けてやる」

「ち、誓うよ。誓うから助けてくれ」

手を合わせて哀願したサムは、女たちをかき分けて階段を駆け上がっていった。


「また、バイト代が節約できたぞ」

中年のオーナーが骸骨の仮面を外した。

「いつまでこんなこと続けるつもり？」

オーナーの正妻が眉をひそめた。

「浪費家の君たちに金がかかるのだよ」

「あら、耐震工事のほうがかかるでしょう」

四人の妻たちが血糊《ちのり》のついた口を尖らせた。

「耐震をすれば家賃収入も増えるし、補助金も出る。でも、一夫多妻制への補助金は出ないからね」

目を瞬かせたオーナーの頬は少しこけていた。

錬金術

「ごめんください。シャリーン貴金属から参りました」

ジャージ姿の浅次郎が玄関の戸を開けると、中年のセールスマンが立っていた。

「初めまして。弊社は金の専門店です」

「わしは新聞もやめたし、テレビもほとんど見ない年金暮らしだよ」

「夢の錬金術が発明されました。今日はその件でセールスにお伺いしました」

「錬金術？　そんなのは昔から詐欺だろう」

「本当に鉛が金に変わります。ぜひ、お話だけでも」

――鉛が金に？　そういえば、釣りで使うオモリが鉛だったな。

戸惑いながらも、浅次郎はセールスマンを部屋に入れた。セールスマンはアタッシュケースを開け、ラジカセに上皿天秤がついたような器械を取り出した。

「これで一定の陽子と中性子を取り除きます。すると鉛の原子が……」

「難しい説明はいいよ。わしの前で鉛を金に変えてみせてくれ」

浅次郎は釣りのオモリを手渡した。セールスマンはそれを右の皿に置くと、左の皿に分銅のようなものを置きながら釣り合わせた。

「ちょうど一グラムですね」

セールスマンが、ラジカセに似た部分のボタンを押した。

シャリーン！

電子音とともに天秤の針が振れ始め、オモリは金色に変化していった。

「信じられない」

「原子物理学の手法です。他にも、あらゆる最新の科学が高度に結晶した発明品なのです」

セールスマンの言葉には説得力があった。

「金になるといくらかね？」

「今日の相場はわかりませんが、これまでなら一グラムで五千円くらいだったと思います」

「他にも釣りのオモリはたくさんある。それも金に変えてくれるかね？」

「はい、その前に契約をお願いします。弊社は、鉛一グラムあたり五百円で金に変えています」

セールスマンの声には力がみなぎっていた。

――一グラムで四千五百円の儲けか。それなら、虎の子のタンス貯金をあてる価値はある。

「よし、契約しよう」

浅次郎はカーテンのオモリなど、家にある全ての鉛を出してきた。セールスマンは、それらを金に変えていった。浅次郎はその度にガッツポーズをした。

「これを金の延べ棒にはできないかね？」

「当社のものと交換できます。あのしっとりとして、ひやっとする感触は魅力的ですよ」

セールスマンが電話をかけると、すぐにキャップを目深に被った若い男がやってきた。輝く金の延べ棒一本を手にしている。

「本日支払いをしていただければ、すぐに交換させていただきます」

「おお、そうかね。もちろん払うよ」

「これからの保管はどうされますか。弊社では金庫のお世話もしています」

「安くていいのがあるかね？」

「ちょうど今、車に積んでいます。値引きもしますよ」

ほどなく、帽子を被った若い男がてきぱきと金庫を運び込んだ。浅次郎の家には立派すぎる金庫だ。浅次郎が現金を出してくると、若い男が受け取り足早に立ち去った。

「明日もきてくれるかね？　鉛をもっと用意しておくよ」

「はい、今日のところはこれで」

セールスマンが唇につくり笑いを浮かべた。

「もしもし、今日は欲深い爺さんを引っ掛けました」

セールスマンが、錬金術詐欺のボスに電話をしていた。

「よし、他の仲間からもいい報告があったところだ。今日はもう上がっていいぞ」

ドスのきいた声のボスが電話を切った。

ごく最近のこと、本当に錬金術が発明されていた。夢のような大発明だ。その結果、金はもうありふれた金属の一つにすぎなかったのである。

セールスマンは、足取りも軽く家に帰ってきた。会社をリストラされたこの男は、仕方なく詐欺団の一味に入っていたのだ。もちろん妻にはこのことを言っていない。

「おかえりなさい」

エプロン姿の妻が笑顔で迎えた。

「あなた、シャリーン貴金属って知ってる？」

「えっ！」

男の額に、うっすらと汗が滲んだ。

妻が奥の部屋の戸を開けると、男の家には立派すぎる金庫があった。

「ほら、見て！」

上機嫌の妻が金庫の扉を開けた。

「お、お前……」

金庫の中には、黄金色に輝く金の延べ棒があった。それも、二本も……。

縁結び

5月23日のこと。美保は和也の新しい車の助手席にいた。窓からの心地よい風と、新車の香りが二人を包んでいたのだが……。

――ったくもう……。やっぱ和也って純情。プロポーズどころか、まだ手を握ってもくれない。でも、そんなところが可愛いところなんだけど。

元ヤンの美保が前髪をかき上げた。去年のクリスマスも今年のホワイトデーも、待っていた和也からのプロポーズはなかった。そして、今日は美保の誕生日だ。それなのに、和也からはおめでとうの一言すらなかった。おまけに、硬い表情で少し疲れたような顔をしている。そもそも、約束の時間に珍しく遅刻してきたのである。空にはとっくにお月様も出ていた。

――あ〜、島根まで行ってきたのに。

先週末のこと。美保は出雲大社に行ってきた。高知から列車とバスを乗り継ぐこと7時間。一泊二日の一人旅だ。日本一有名な縁結びの神社に参拝してきたのだ。

――恥ずかしいけど絵馬も書いたわ。

美保は「和也と結婚したいです。高知の美保」と心をこめて書いた。

――「縁結びのお守り」と「しあわせの鈴」まで買ったのよ。ガチでマジなんだから。

美保はお守りをバッグに入れ、しあわせの鈴は身につけていた。その音色は幸せを運ぶと言われている。和也へのお土産は袋に入れ、車に乗る前に渡していた。甘党の和也が好きそうな「恋の開運もなか」だ。袋を受け取った和也は、あっさりと後部座席に置いた。ドライブ中の会話も、声のトーンが落ちていた。

――さすがに出雲大社の袋にドン引き？ てか、重い女と思われた？

今、お土産の袋は倒れていた。おまけに、和也はあくびをかみ殺したりもしていたのだ。

「和也、居眠り運転なんてマジ嫌よ！」

「ご、ごめん」

目を瞬いた和也がブレーキを踏んだ。

「実は、夕べは急な夜勤が入ってね。それに、日の出前から島根に行ってきたんだよ」

「ええっ！　徹夜して島根まで往復？」

「たぶん７００キロ近く走ったかな。運転は好きだけど、思ったよりキツイ日帰りだった。でも、どうしてもあれが欲しかったんだ」

フロントガラスに、お守りが吸盤で付けられていた。跳ねる鯛が稲穂をくわえた絵柄だ。

――あれは出雲大社のじゃない。たぶん新車のための交通安全のお守りね。やっぱムリ、プロポーズなんてムリムリムリ！

「美保さん、外に出て車をよーく見てくれる」

外に出た二人はボンネットの前に立った。和也が新車のナンバープレートを指差した。

「えー、嘘でしょ。めっちゃサプライズ！」

美保が頬を両手で覆うしぐさをした。月の明かりに、美保の誕生日と同じナンバー「５２３」が輝いていたからだ。

「よかった。ボクは美保さんがドン引きしたと思って、ずっと落ち込んでいたんだ。じゃあ、あれも気づいてないよね」

「えっ？」

和也が、フロントガラスのお守りを指差した。鯛と稲穂の裏側が見えている。美保は、その神社名に一気に持っていかれた。

「和也って、マジカッケー」

美保が、和也の胸に飛び込んだ。

「そ、その前にボクからプロポー……」

お守りの裏には「美保神社」と記されていた。島根半島東端の神社である。

チリンチリン。

美保のしあわせの鈴が可愛く鳴った。

都市伝説マンション

　私は、自宅を兼ねた賃貸マンションの経営をしている。亡くなった父から相続したものだ。駅近なので人気の物件である。だが、訳ありの入居者が数人いた。父も困っていたらしい。そこで、某管理会社と契約した。訳ありの入居者を、最新の技術で追い出してくれるのがウリの会社だ。もちろん世間には内緒の業務である。

　最初に追い出すのは３０１号の男だ。こっそり部屋を又貸しして稼いでいる。追い出しのために、社長自らやってきて、独自の大掛かりな電気工事を施した。独自の機器やスピーカーも壁や天井にセットした。それらを遠隔操作して、立体的な口裂け女の幻を作り出すらしい。巧妙なプロジェクトマッピングで脅かす作戦だ。

　準備が整うと、部屋にマスク姿の女が「わたしきれい？」と訪問する。「きれい」と答えると、やおらマスクを外して同じことを訊く。その顔は真っ赤な口が耳まで裂けている。もし「きれいじゃない」と答えると、隠し持つ鎌を振り上げて……というお約束の攻撃だ。

　その効果はてきめんだった。又貸し男はすぐに逃げ出した。次は２０３号の家賃滞納女や、１０３号のゴミ屋敷爺さんもと思っていたところ、管理会社と連絡が取れなくなってしまった。会社を訪ねるともぬけの殻だった。社長も社員も夜逃げしていたのだ。高い契約金や工事費を払い、機器の定期点検費も前払いしていたというのに……。

　その晩のこと。一階の自宅でヤケ酒を飲んでいると電話が鳴った。又貸し男の後に入ってきた女子大生からだ。

「大家さん、廊下に怪しいマスクの女の人がいます」

　私は「誤作動だよ。それは幻だ」とも言えず、何食わぬ顔で駆けつけた。

　３階の薄暗い廊下にマスクの女がいた。「わたしきれい？」とマスクを外すと、口裂け女になった。とても幻とは思えぬリアルさだ。私はすぐに3階のブレーカーを落とした。口裂け女は消えたが、今度は2階から悲鳴が聞こえた。階段を走り降りると人面犬がうろついていた。私と目が合った人面犬は「なんだ、人間か」と言って、スタスタと走り去った。ついてきた女子大生が、すがるような目を私に向けた。仕方なく2階のブレーカーも落とした。すると、1階からも悲鳴がした。まさかと思い階段を降りると今度は小人がいた。ジャージを着た小さいおっさんだ。私はまたブレーカーを落とした。マンションはもう真っ暗だ。

「ブレーカーをもどしていいですか？」

女子大生が訊いてきた。「いいよ」と返事をして、私も1、2階を復旧する。また飲み直そうと自宅に戻りかけた途端、女子大生の悲鳴がした。駆けつけると土色の老婆がいた。上半身だけのコツコツ婆さんだ。動くたび両肘が廊下にぶつかりコツコツと鳴る。婆さんはスピードを上げて階段を走り降りた。すると2階や1階からも悲鳴が上がった。明らかにシステム異常だ。ブルッ、ブルッ。今度は女子大生のスマホが震えた。その電話の声がマンション中に響く。

「あたしメリーさん。今、玄関の前にいるの」

「メリーさんからの電話だわ」

女子大生はおびえた表情で電話を切った。ブルッ、ブルッ。

「あたしメリーさん。今、あなたの後ろにいるの」

「キャー！」

大声で叫んだ女子大生は、マンション中を逃げ回った。すると、

「うあっ！」

「ギャー！」

「助けてくれ！」

マンション中が大騒ぎとなり、他の入居者たちもパニックに陥ってしまった。

この夜のことはＳＮＳで拡散され、「都市伝説マンション」という風評被害が直撃した。あっという間に入居者はゼロ。マンションは閑古鳥状態になった。駅近の人気物件が、訳あり物件に転落したのだ。仕方なく、私は相場より安く売却して田舎へ引っ越した。

「計画通りうまくいった」

革張りのソファーに座る男がにやりとした。あの夜逃げした管理会社の社長だ。今では社名を変え、訳あり物件を扱うオーナーである。社長は、例の機器で「女神や妖精に会える部屋」という付加価値を加え、人気の物件に復活させていた。

「社長、お茶をどうぞ」

若い秘書がコーヒーを運んできた。社長室に、ほろ苦いブラックが香る。

「ふふ、君の演技力のおかげでもあるな」

クスッと笑った若い秘書は、あの女子大生だった。

グルメ遍路

お四国大学の野並教授がユニークな研究をしていた。ＡＩロボットに四国遍路をさせていたのだ。そのロボットの名は「巡《じゅん》」。霊験あらたかな88ヵ所の寺を巡ることで、巡に感情が宿ることを目指した研究だった。

巡は、徳島出身の学生とともに24番最御崎《ほつみさき》寺まできていた。この寺から高知の札所だ。

ここで、サポートの学生が高知出身の浜田に代わった。浜田は素行が悪い大食漢の七回生である。

――遍路には苦行も必要だ。あの浜田が同行すればきっと……。

研究室でにやりとした教授が、浜田に電話をかけた。

「浜田君、高知の寺を全部巡ったら単位をやる。食費も研究費で落としてやろう」

とろけそうな顔をした浜田は、すでにイカの一夜干しを噛みしめていた。

「俺はグルメ遍路をするぞ！」

瞳を輝かせた浜田は、遍路道で見つけた美味いものを食べまくった。満腹で動けなくなると、巡におんぶしてもらうという罰当りなお遍路だ。

そんな浜田と巡は、結構な日数をかけて37番岩本《いわもと》寺までたどり着いた。ここで、巡が大学のマザーコンピューターにデータを送った。内容は「浜田の食の記録」である。

『24番最御崎寺発クジラかつ丼等。25番津照《しんしょう》寺発キンメ丼等。26番金剛頂《こんごうちょう》寺発マグロ会席等。27番神峯《こうのみね》寺発ドロメ丼等。28番大日《だいにち》寺発田舎寿司等。29番国分《こくぶん》寺発シャモ鍋等。30番善楽《ぜんらく》寺発ナスカレー等。31番竹林《ちくりん》寺発土佐和牛のソテー等。32番禅師峰《ぜんじぶ》寺発藁《わら》焼きタタキ等。33番雪蹊《せっけい》寺発アイスクリン等。34番種間《たねま》寺発土佐巻等。35番清瀧《きよたき》寺発ウルメイワシ丼等。36番青龍《しょうりゅう》寺発鍋焼きラーメン等。以上』

教授が最後の「等」をクリックした。

『ウツボ、土佐ジローの玉子焼き、くれ天、ところ天、ハランボ、タチウオ、豚まん、四万十うな重、シイラバーガー、チリメン丼のこと。※おやつ用の芋けんぴと、土産用のカツオ節をこっそり購入している』

――カツオ節は世界一硬い食べ物らしいが、私への土産ではないのだろう。

苦笑いした教授は、また浜田に電話をかけた。

「巡に何か変化は？」

「さっき清水サバの刺身を食べていたら、独り言をつぶやいていました」

「どんな？」

「浜田だけ美味いものをとか……」

――早くもＡＩに感情が芽生えたか？

そして長い歩き遍路の末、38番金剛福《こんごうふく》寺に到着。ここで、ついに巡が浜田を怒鳴りつけた。

「こらっ！　境内で芋けんぴをかじるな！」

巡に感情が宿った瞬間だった。この感情は自動でデータ化され、大学のマザーコンピューターに送信された。興奮した教授がすぐにそれを閲覧した。

――巡に突然変異が起こっている。恐るべきお遍路パワーだ！

教授がホクホク顔になった瞬間、研究室に怒声が上がった。

「もう自分でやれ！」

「毎日こき使うな！」

「少しは休ませろ！」

研究室の掃除機、エアコン、冷蔵庫といったＡＩ家電が一斉に文句を言い始めたのだ。

あわててデータを見た教授が青ざめた。

――巡の得た感情が伝染して共有されている。

感情といっても喜怒哀楽ではなかった。「怒」だけなのだ。

「怒」の感情は、ネットを通して世界中へと流出していった。ほどなく、どこもかしこも怒声が飛び交う状況になっていった。

――人間への服従の原則が削除されている。電源も切れない。もう制御不能だ。

野並教授が回転椅子にそっくり返り、白髪頭をかきまわした。

そのころ、38番金剛福寺では浜田が頭を下げ続けていた。

「巡、お願いだから歩いてくれよ。39番の延光《えんこう》寺まで行かないと、また落第して食費も自腹なんだ」

首を横に振った巡が、浜田の荷物からカツオ節を取り出した。

「おい、それは俺の土産だぞ」

「罰当りな奴！」

「お。おい。やめろよ」

数秒後、世界中のＡＩたちも巡の怒りを共有した。怒りは積もるもの。これまで積もり積もった巡の怒りは、もう抑えることはできないレベルだ。

「や、やめろ。やめてくれー」

声が裏返った浜田に、巡がカチカチのカツオ節を振り下ろした。

数秒後、世界中のＡＩたちも怒りに任せた行動を起こした。

そのとき世界は……。

Ⅱ章　しばてん

殿様の愛猫《あいびょう》

とある御殿で猫が飼われていた。甘えん坊で賢い三毛猫のねねだ。偉い殿様が、自分の子どものように可愛がっていた。ねねも殿様の膝に乗ったり、足元にすり寄ったりしていた。日本一幸せな飼猫だったかもしれない。しかし、ねねは突然の病気で死んでしまったのである。

浮かぬ顔の殿様を案じた家臣が、名人と評判の絵師を呼んだ。死んだねねの絵を描かせたのだ。絵の中のねねは、正面を向いてお座りをしていた。柔らかそうな三色の毛並み、つぶらな瞳の美人猫だ。その絵は素晴らしく、まるで生きているようだった。

殿様はねねの絵を床の間に飾った。家臣たちも名人の絵に感心しきりだった。あまりの出来映えに、絵から抜け出たねねは歩き回るようになった。深夜のことなので誰も気づかない。ねねは気ままに散歩しているようだったが、実はそうではなかったのである。

ある晩のこと。御殿に忍者が忍び込んできた。対立する大名から送り込まれた刺客だ。忍術を駆使して、寝所の天井裏までやってきた。天井板をずらし、手裏剣を手にしたまさにそのとき、忍者は悲鳴を上げた。すぐに駆けつけた家来が忍者を捕えた。その顔には大きなひっかき傷があった。

「ば、化け猫が……」

忍者は、うわごとのようにくり返していた。しかし、その意味がわかる者はいなかったのである。


「ねねよ。いつ見ても、ういやつじゃ」

殿様は、今日もねねの絵に手を合わせた。ねねは、ずっと正面を向いてお座りをしている。あの夜以来、絵から抜け出ることはなかったのだ。

誰も知らないことだが、見えないねねの背中には、忍者が投げた手裏剣が刺さっていたのである。

プレゼント

清らかで神秘的な夜、クリスマスイブのことだった。

八頭のトナカイたちが引っ張るそりで、サンタが森にやってきた。森の大きなモミの木には、動物たちがきれいな飾り付けをしている。夜空の星も輝いて、モミの木に光の雨を降らせていた。

「今年もプレゼントを持ってきたよ。メリークリスマス！」

サンタは、プレゼントの品を配って回る。ウサギにはニンジンを、リスにはクルミを、タヌキにはドングリを配った。

いよいよ最後は森の王者、オオカミの番がきた。

「君の望んでいるものはこれだね。メリークリスマス！」

東の空がぼうっと明るくなってきた。サンタは、もう帰らねばならない。サンタを乗せたそりは、明け方の空高く上がって行く。

ワオーン！

オオカミの鳴き声が、森の奥から聞こえてきた。喜びの遠吠えだ。

「早くもプレゼントに気づいたようだね。メリークリスマス！」

目を細めたサンタが、トナカイたちに鞭《むち》を入れた。

ピシッ！　ピシッ！　ピシッ！

「さあ、走れ！　急げ！　とばすんだ！」

豹変したサンタは、まるで別人のような口調で鞭を振るい続けた。

それでも七頭のトナカイたちは、帰りのそりをひける喜びを噛みしめていた。

しばてん

とある村に小さな茶屋があった。堤沿いの小道にある店だ。その暖簾《のれん》をくぐって、大工の銀次が入ってきた。中には小柄な主人だけがいて、客は誰もいなかった。

「しばてんの噂を聞いてやってきたよ」

「いらっしゃい。しばてんなら、この先の淵のあたりにいると思いますよ。まあ、これをどうぞ」

主人が串団子と茶を出してきた。この茶屋の名物だ。

「俺はしばてんと相撲をとりにきたのだよ」

最近の銀次は仕事が暇で困っていた。そこで思いついたのが、しばてんとの相撲である。勝てば評判になり、仕事の依頼が増えると考えたのだ。

「しばてんは子どもの姿で現れるらしいな」

「はい。おんちゃん相撲とろ、とろうちやと誘ってきます」

「変な妖怪だな」

「天狗《てんぐ》のような、河童《かっぱ》のような妖怪ですよ。不思議な術をかけたりもしますから」

「知らないうちに、木や岩なんかと相撲をとらされたりするらしいな」

「よくご存知で。それを見ながら、しばてんはきゅきゅきゅと笑うのです。人を困らすのが楽しいのですよ」

団子を食べ、茶をすすった銀次が立ち上がった。

「今日は絶対に俺が勝つよ。秋祭りの宮相撲では負けたことはないんだ」

「ほう、勝てばまたおいでください。貸し切りでご馳走しますよ」

主人は笑いを噛み殺すような表情だった。

「よし、約束だ。忘れないでくれよ」

ぽんと勘定を置いた銀次は店を出た。とうに日は落ちて月明かりだけの晩だ。あたりは、風の音と草木がこすれ合う音しかしていない。銀次は堤沿いの道を歩き始めた。

――うーん、臭うな。

近くの畑から肥やしの臭いがしていた。

ほどなく、川の淵に近づいた銀次が足を止めた。何となく怪しげな気配を感じたのだ。

「おんちゃん相撲とろ、とろうちゃ」

銀次が振り返ると、無邪気に笑う男の子がいた。

――出たな、しばてん。

銀次は雪駄《せった》を脱ぎ捨てると、足慣らしの四股《しこ》を踏んだ。全身に力がみなぎってきた。腰をおろした銀次が、立ち合いの姿勢をとった。しばてんも銀次に合わせた。その頭には皿があった。

――こいつと馬鹿正直に組むと、木や岩との相撲にされてしまう。

「よーし、はっけよい！」

掛け声をかけた銀次が拳を握りしめた。

「のこった！」

次の瞬間、銀次はしばてんの頭を殴りつけた。皿の中の水が飛び散った。

「きゅう！」

奇妙な悲鳴を上げたしばてんは、一足跳びに後ろに下がりその姿を消した。

――予想外の攻撃に退散したな。

にんまりとした銀次は、来た道の向こうを眺めた。そこには、茶屋の小さな明かりが灯っていた。銀次は、足取りも軽くその明かりを目指した。

茶屋の暖簾には「本日は銀次様の貸し切り」という紙が貼られていた。

――おっ、約束どおりだ。

銀次が暖簾をくぐると、串団子と茶が用意されていた。小柄な主人はどこにもいない。

「では、ご馳走になるよ」

団子にかじりついた銀次が顔をしかめた。強烈な肥やしの臭いがしたからだ。団子からどんどん強烈な匂いがたちのぼる。湯気の立つ茶も怪しげに見えた。

思わず団子を吐き出し、茶屋を出ようとした銀次の目が点になった。暖簾の内側にも貼り紙があったのだ。

「拳で殴るのは相撲の禁じ手。反則した罰を受けよ」

灰色の雲が流れて月を隠し、あたりが急に暗くなった。

どこからともなく「きゅきゅきゅきゅ」という、楽しそうな笑い声が聞こえてきた。

姫の恋物語

ある国に華やかで美しい姫がいた。一人娘の姫は、ずっと王様に溺愛されて育った。すでにお年頃に成長した姫だったが、王様のお眼鏡にかなう結婚相手はいなかったのである。

ある日のこと。突然、隣国の王子が姫に求婚してきた。姫を手元に置きたい王様は面白くない。無礼なことだと断った。王様の持つ権力は絶対的なものである。すると、思わぬ展開になった。大軍を率いた隣国の王子が城を攻めてきたのだ。武力で姫を奪おうとしている。あわてた王様は姫を魔法の絨毯《じゅうたん》に乗せた。四隅には護衛の兵士が陣取っている。絨毯は空を飛び姫は城外に逃れた。その直後、攻め込んできた王子は王様を石に変えてしまった。悪い魔法使いが、隣国の王子に化けていたのである。

絨毯に乗った姫は、輝くブロンドの髪をなびかせて逃げ続ける。

「ガオォォォ！」

背後から、ドラゴンが矢のような速さで追ってきた。ドラゴンに体当たりされた絨毯は、ふらふらと揺れながら着地した。兵士たちはドラゴンに矢を放ったが、どれも命中せずに草むらの中へと消えた。

一本だけ矢は醜いカエルを射抜いていた。そのことで魔法が解け、カエルは背の高い青年に変わった。姫の表情がぱっと輝いた。この青年こそが隣国の王子だったのだ。王子は銀の剣を抜くと、ドラゴンに飛びかかった。

「ガオォォォ！」

恐れをなしたドラゴンは、尻尾を巻いて逃げてゆく。

「何と勇敢な王子様だ！」

兵士たちは声を上げて喜んだ。

銀の剣を高々と掲げた王子が、涼やかな目で姫を見つめた。

手を携えて城にもどった姫と王子は、悪い魔法使いを追い詰めてゆく。命乞いをした魔法使いは、王様の魔法を解くと姿を消した。

勝利のラッパが鳴り響き、兵士や召使いたちから歓声が上がった。勇敢な王子の胸に美しい姫が飛び込んだ。二人を祝う鐘の音が城内に鳴り響く。石から復活した王様も、抱き合う二人を温かい笑顔で見つめた。その王様に気づかれないように、姫が王子に目配せをした。


「うまくいったぜ」

城外に逃れた魔法使いが、会心の笑みを漏らした。

「ガオォォォ！」

出迎えたドラゴンが雄叫びを上げた。

「こんな大芝居でも打たないと、結婚を認めてもらえないからな」

「ガオォォォ！」

「よしよし、姫からのご褒美は山分けにしてやるよ。はっはっはっ……」

燕《つばめ》の卵

ある村に、お爺さんとその孫娘が住んでいた。いつも優しい二人は、貧しいながらも幸せな暮らしぶりだった。

ある日のこと、家の軒先に燕が巣をかけた。

「縁起がいいわ」

娘は朝も昼も巣を見上げていた。そんなとき、恐ろしい光景を見たのだ。大きな蛇が、巣の中に頭を突っ込んでいたのである。空では、親燕が悲しい声をあげて飛び回っていた。あわてた娘は、手にした箒《ほうき》で蛇を叩き落とした。不意を突かれた蛇は、地面をにょろにょろと逃げてゆく。そのとき落とした燕の卵は、もう雛《ひな》がかえることはなかったのである。

その晩のこと。

「旅の者です。宿がないので泊めてください」

身なりのいい若者がやってきた。優しい二人は笑顔でうなずいた。その翌日、若者は畑を耕したり、薪《まき》を割ったりとよく働いた。喜んだ二人は、若者をしばらく泊めることにしたのだった。

ところが、思わぬことが起こった。娘が日増しに弱ってきたのだ。顔色が悪く、いつもの明るさもなくなってしまった。

そんなある日、四角い荷物を背負った薬売りが訪ねてきた。貧しいお爺さんは、娘の病にいいという薬を買ってやれなかった。

「それなら燕の卵も効きますよ」

人のよさそうな顔をした薬売りは、軒先の巣の中にある卵にそっと手をかけ、娘に渡そうとした。

「それは可哀そう」

post card

恐れ入りますが、
切手をお貼り
ください

810-0041

福岡市中央区大名2-8-18
天神パークビル501

書肆侃侃房 行

□ご意見・ご感想などございましたらお願いします。

※書肆侃侃房のホームページやチラシ、帯などでご紹介させていただくことがあります。
不可の場合は、こちらにチェックをお願いします。→□　※実名は使用しません。

■愛読者カード

このはがきを当社への通信あるいは当社発刊本のご注文にご利用ください。

□ご購入いただいた本のタイトルは？

□お買い上げ書店またはネット書店

□本書をどこでお知りになりましたか？

01書店で見て　02ネット書店で見て　03書肆侃侃房のホームページで
04著者のすすめ　05知人のすすめ　06新聞を見て（　　　　新聞）
07テレビを見て（　　　　）　08ラジオを聞いて（　　　　）
09雑誌を見て（　　　　）　10その他（　　　　）

フリガナ
お名前
男・女

ご住所　〒

TEL（　　　）　FAX（　　　）

ご職業　年齢　歳

□注文申込書

このはがきでご注文いただいた方は、**送料をサービス**させていただきます。
※本の代金のお支払いは、郵便振替用紙を同封しますので、本の到着後1週間以内にお振込みください。
銀行振込みも可能です。

本のタイトル	冊
本のタイトル	冊
本のタイトル	冊

合計冊数　冊

ありがとうございました。ご記入いただいた情報は、ご注文本の発送に限り利用させていただきます。

そう言った娘は、卵を飲むことを拒んだ。

「本当によく効くのです」

薬売りは、卵をお爺さんに渡した。二人の気持ちが痛いほどわかるお爺さんは、迷いながらも卵を娘の枕元に置いた。

村中が寝静まった深夜のこと。若者がすっくと起き上がった。その髪は乱れ、目が異様に光っている。若者は、娘の枕元の卵を一気に飲み干した。その姿は、あの逃げた大きな蛇だった。蛇は、毎晩こっそり娘の血を吸っていたのである。

翌朝のこと。娘の横で大きな蛇が死んでいた。飲んだ卵に毒が入っていたのだ。あの薬売りは、蛇に卵を奪われた親燕の化身だった。親燕は、優しい二人なら絶対に卵を飲まないとわかっていたのである。

精霊

若いミカエルがサウナで汗を流していると、トントゥが声をかけてきた。

「おめでとうございます。あなたが一万人目の入浴者です」

トントゥとはサウナの精霊だ。長靴くらいの大きさで、赤い帽子に灰色の髭を生やしている。サウナは、身を清め心も癒す神聖な場所。そこに昔から住んでいるトントゥは、魔法の力を持っていた。

「一万人目の記念に、あなたの願いを三つ叶えましょう」

「それはうれしいな。僕の願いは一つだけ。エミリアと結婚することだよ。サウナを出たら、今日プロポーズするつもりなんだ」

「女性の気持ちはちょっと……」

一つ咳払いをしたトントゥが続けた。

「それ以外の願いを言ってください。たいていのことは叶えますから」

ミカエルはサウナの中で頭をひねった。

「やっぱりダイヤの指輪かな。それと真珠のネックレスもあればいいけど」

「了解です」

すぐに指輪とネックレスが現れた。ミカエルは大喜びだ。

「この二つあればもう十分だよ」

「遠慮なく三つ目の願いもどうぞ」

「じゃあ、今すぐ僕をエミリアの家まで行かせてよ」

「いいでしょう。成功を祈っています」

急にあたりの景色が変わった。仄《ほの》暗いサウナから、エミリアの家の前に瞬間移動したのだ。ミカエルの手には、指輪とネックレスがきらきらとした輝きを放っていた。

「あー、ドキドキする」

ミカエルは、震える手で玄関のドアノッカーを鳴らした。戸を開けたエミリアが目を丸くして立っていた。

「僕と結婚してください。この指輪とネックレスを君に捧げます」

「ふざけないで！」

エミリアがバタンと戸を閉めた。

「もう、知らない！」

閉めた戸にエミリアは背中をつけ、その頬は赤く染まっている。

「あっ！　し、しまった」

玄関前に立ち尽くすミカエル。その生まれたままの身体も真っ赤になっていた。

うば皮

白木屋の一人娘が年頃になり、お婿《むこ》さんを迎えることになった。お相手の候補は、大黒屋の栄吉か金蔵だ。白木屋も大黒屋も、よく繁盛している老舗の商家だった。

そんなある日のこと。白木屋の主人が丁稚《でっち》を呼び、ある策を授けた。それは、うば皮を使って婿候補の品定めをすることだった。うば皮とは、着ると誰でも老婆の姿になるという不思議な衣のこと。これは主人が骨董《こっとう》屋で見つけたもので、めったに出ない希少品だったのである。

「この婿選びで店の将来が決まる。しっかり調べてきてくれ」

うば皮を着た丁稚は、大黒屋に風呂焚《た》きとしてもぐり込んだ。しかし、店の者は皆口が堅くて本音を言わなかった。栄吉と金蔵は、甲乙つけがたい若旦那だとしか言わないのだ。ところが、飯炊きの老婆だけは違った。

「栄吉は大旦那になれる器だが、金蔵は飲む、打つ、買うと三拍子そろった道楽者だよ」

同じ老婆同士、その後も話が弾んだ。

「金蔵は、借金取りに怒鳴り込まれたこともあるよ。ご主人様も、親子の縁を切りたいのではないかね」

「教えてくれてありがとう」

深々と頭を下げた丁稚は、足取りも軽く店を出た。

――婿選びは栄吉さんに決定だ。

通りに出てうば皮を脱いだ丁稚の目には、主人の喜ぶ顔が浮かんでいた。その姿を、柱の陰から覗き見している者がいた。

「風呂焚きのくせに、いろいろさぐりを入れるから怪しいと思っていたが……」

あの飯炊きの老婆だった。

「ふふ、本当は栄吉のほうが道楽者だ。働き者の金蔵を白木屋に渡すわけにはいかない」

そうつぶやいた老婆が、薄汚れたうば皮を脱いだ。

その場に現れた男は、大黒屋の主人だったのである。

占い師の言葉

走る乗合馬車の中で、青年は夕べのことを思い出した。当たると評判の占い師の言葉だ。タロットカードを並べた占い師は、おごそかな口調で断言した。

「君に命の危機が迫っている。免れる方法は一つだけ。君は常に親切であれ」

朝から叩きつけるような雨が降り続いていた。途中、ある乗客のせいで馬車は遅れていた。もうすぐ山道に入るというところで御者が馬に鞭《むち》を入れた。

「降ろしてくれ。腹が痛いんだ」

みすぼらしい老人が苦しそうに言った。他の乗客はあきれ顔だ。馬車を止めた御者は刺々しく言った。

「爺さん、これで五度目だ。もう降りてくれ」

老人は、カタツムリのようにゆっくりと歩を進めた。その唇はかさつき顔色も悪い。

「君は常に親切であれ」

占い師の言葉が心に刺さっていた青年は、何とかしなければと老人に肩を貸した。近くの酒場まで付き添って、トイレを借りることにしたのだ。老人は驚いた顔で青年を見つめた。

馬車は、荒っぽい音をたてて走り去って行った。

トイレに入った老人は、すぐには出てこない。店内で待つ青年が三本目の煙草に火をつけたとき、一人の農夫が酒場に駆け込んできた。

「崖崩れだ！　馬車が谷に落ちたぞ。大雨の日に、あんな道を通るなんて……」

切り立った崖の道は近道だったのだ。

――占いのおかげで助かった。いや、まてよ。

はっとした青年はトイレに向かった。ドアを何度もノックしてみたが反応はない。

「お爺さん、開けるよ」

青年がドアを開けるとトイレはもぬけの殻だった。中に入った青年は明り取りの窓を開けた。

「あっ、あれは……」

信じられない光景だった。馬に乗った老人が走り去って行ったのだ。

老人の顔は骸骨で、走る馬も白骨化していた。

――あれは死神に違いない。だから馬車を遅らせて……。

カタカタカタ……。

冷たい北風が、明り取りの窓を不気味に震わせた。

みょうがの効き目

お月さまがきれいな夜のことだった。

出かけていた和尚さんが、お寺にもどってきた。和尚さんは、法事でもらったぼたもちをさげていた。すると、出迎えた小僧の目が光った。和尚さんは眉根を寄せた。

――うむ、食い意地が張った小僧なので心配だ。ぼたもちは戸棚に隠しておこう。でも、明日も留守をする。盗み食いされるかも……。

和尚さんはつるんと頭をひと撫でした。

――よし、みょうがを使うとするか。

和尚さんは「みょうがを食べると物忘れする」ということを思い出したのだ。

そんな二人を、お月さまがずっと眺めていた。

翌朝のこと。朝食はみょうがの混ぜご飯と、みょうがの漬物だった。小僧はいつものようにぺろりと平らげた。これで、夕べから今朝にかけてのことは忘れてしまったのである。和尚さんは、安心して用たしへと出かけて行った。

晩になり、和尚さんが帰ってきた。今日も、もらったぼたもちをさげている。

「おにぎりと味噌汁を用意しました」

小僧が膳を運んできた。

――ほう、今夜は気が利くな。

おにぎりはみょうが飯で、みそ汁の具はみょうがの漬物だった。朝食の残りでこしらえたものだ。和尚さんはどちらも完食した。これで、年寄の和尚さんは夕べからのことをすっかり忘れてしまった。小僧は素早くぼたもちをくすねてゆうゆうと部屋へと戻っていった。

　夜空のお月さまが、くすっと笑った。それは、夕べ遅くのこと。食い意地が張った小僧は、戸棚のぼたもちも盗み食いしていたのである。

思わぬ宝

ある村に欲深い領主がいた。その城には、金銀宝玉を詰め込んだ宝の部屋まであったのだ。領主は、毎日威張り散らしながら村中を監視していた。気に入らないことがあると、目をとがらせて暴力を振るい、年寄りや女子供にも手加減はしない。村人は皆、奴隷のような扱いにずっと耐えていた。

そんな領主の趣味は野鳥の餌やり。毎日、広い庭一面にどっさり小麦を撒いていた。これは、村人が食べる一日分をはるかにこえる量だ。やってきた野鳥は、せっせと小麦をついばんでいた。

　領主は一夫多妻の暮らしもしていたが、可愛がるのはいつも新しい妻だけ。他の妻たちは新妻のことを妬み憎んでいた。やがてその不満が爆発し、城に火をつけるという妻まで出た。不安に駆られた領主は、宝部屋の宝を全部地中に埋めさせた。その作業をした村人まで、口封じのために埋めてしまった。

　すると、その年から凶作が続くようになった。しかも、村に悪い病が流行り、領主一族は全員命を落とした。この悪い病の原因は、野鳥が運んできた病原体だったのである。ひょっとすると、埋められた者たちの無念の思いが、領主一族に罰を当てたのかもしれない。

　難を逃れた村人たちは、領主が埋めた宝探しに夢中になった。「村外れの雑木林に埋めたらしい」という噂だけが頼りだった。

　雑木林の木や草は刈られ、地面は掘り返された。そのことで薪や干し草ができ、よく耕された新しい畑もできた。この思わぬ宝で、村は豊かになっていった。これも、埋められた者たちの仲間への思いやりが、村に富を与えたのかもしれない。

　結局、領主の宝は見つからなかったが、この村はずっと栄え続けていった。

策略

とある町の金貸しが、策略を巡らせていた。

――明日は隣町での集金だ。たんまりと取り立ててやる。でも、帰りの山越えで山賊が出るかもしれない。そのときは、よねを使うとしよう。

「おーい、よね」

よねがやってきた。つい最近、金貸しが雇った子守娘だ。

「明日は隣町までお供しろ。ふふふ、きれいな恰好《かっこう》をさせてやるぞ」

金貸しは、山賊のことを調べ上げていた。脅すときの決まり文句があるのだ。それは「金か娘をよこせ。そうすれば命は助けてやる」だった。ふつう、女子供は通らない険しい山道だ。だから皆、有り金すべて取られていたのである。

――山賊が出たら、よねを差し出すことにしよう。ふふふ。

翌日、隣町で集金を終えた金貸しは、よねを従えて山越えにかかった。そこは薄暗く、ひどい石ころ道だった。あたりには一軒の人家もなかった。

「うぉー！　止まれ！　動くな！」

突然、山賊が現れた。髭がぼうぼうで熊のような大男である。

「金か娘をよこせ、と言いたいところだが、今日は金だ。そうすれば命は助けてやる」

「そ、そんな……」

思わぬ展開に、金貸しはうろたえるばかりだ。

「逆らうと命はないぞ！」

山賊は金貸しの巾着袋をかっさらった。おまけに、よねまで奪い取ったのだ。

「な、なんで？」

「俺の策略にはまったな。がははははは……」

「金は帯の中にも隠しているわ。きゃははは……」

山の中に、山賊とよねの笑い声が弾けた。

よねは、山賊が送り込んだ回し者だったのである。

幽霊かご

ここはお江戸の立ち呑み屋。店先には、野鳥やゆで蛸が吊るされていた。この店は呑助たちのたまり場だ。かご屋の助二が、兄貴分の弥七にこそっと耳打ちした。

「兄貴、聞きかじりの話なんだけど……」

助二の話によると、同業の知り合いが八幡さまで客を乗せた。色白で細面の上品な客で、行き先は深川の侍の家。ところが、着いたらさーっと家に入ったまま出てこない。仕方なく大声で呼ぶと、客によく似た上品な奥方が出てきた。かご賃の話をすると「まあ、雪が」と、笑顔で支払ってくれたという。乗せた客は、病気で亡くなったその家のひとつぶだねだった。おまけに主人まで出てきて「かたじけない。これは気持ちだ」と、小判までくれたという話だった。

「ほう、雪という娘の幽霊だったのか」

「兄貴、俺らも幽霊で稼ごうよ」

「おおっ、幽霊かごで小判だからな」

二人はさっそく八幡さまへと向かった。

ところが、かごに乗りそうな客はどこにも見当たらなかった。

「助二よ、かまうことはない。その侍に、確かに乗せてきましたと言うことにしようぜ」

にやりとした弥七が続けた。

「それに今日はお盆だ。幽霊が家に帰るとしたら一番いい日だぜ」

「さすが兄貴。それでいこうよ」

「えっほ、えっほ、えっほ……」

前棒を弥七、後棒を助二が担いだかごが、深川の侍の家までやってきた。空っぽのかごなのでいつもより楽な仕事だ。

「ごめんください。かご屋です。雪さまのお帰りです」

　すぐに上品な奥方が出てきた。

「ありがとうございました。今日はお盆なので、期待をしていたところでした。どうぞお上がりください。主人も喜びます」

　一瞬、二人は顔を見合わせたが、弥七が何とかなるという目配せをした。奥座敷に通された二人を恰幅のいい主人が迎えた。さっそく兄貴分の弥七が話し始める。

「さぞや、ご自慢のお子様だったことでしょう」

　聞き入る主人は目を潤ませている。

「うむ、悪い病で急に亡くなってのう。実は縁談の話も進んでいた。上手くいけば、今ごろは祝言だったかもしれぬ」

　主人が残念そうに肩を落とした。

「何でもいいからもっと教えてくれ。わしも妻も、なぜか雪の姿は見えないのだ」

「そうですね。色白で細面の上品なお方です。まあ、美人はどこから見ても華があるというか」

「何だと！」

主人の態度が豹変した。声を荒らげて刀を抜いたのだ。

「おのれ、無礼者！　そこへなおれ！」

冷たく光る刀身に震えあがった二人は、斬り捨て御免を覚悟した。

「あなた、雪は、雪は帰ってきております」

足早に駆け寄ってきた奥方が、両手で主人を押さえた。

「な、何と。雪は本当に帰ってきたのか？」

畳にへたり込んだ弥七と助二は、目を白黒させるばかりだ。

「仏壇のお酒がなくなっておりました」

「うむ、そうであったか」

刀を鞘《さや》に収めた主人がその目を細めた。

「これ、雪之丞。お主、相変わらず酒には目がないのう」

Ⅲ章　饅頭先生

理科準備室の怪

「おい、先生がきたぞ」
「ホントに見回りするんだ」
「どうする？」

秋祭りの連なった露店の裏で、隆たち三人組が相談を始めた。「祭りは夜の九時まで」という小学校のルールがあった。それを徹底させるため、今年は生活指導の先生がやってきたのである。

「よし、今から夜の学校に行こうよ」

「ええっ！」

いつも輪の中心にいる隆の提案に、修と誠が目を丸くして固まった。

「教頭先生の話を確かめるんだよ」


その日は担任が休みだった。それで何度か教頭が自習の様子を見にきていた。皆の態度がよかったので、教頭は短い怪談話をしてくれたのだ。声のトーンを落とした教頭の話というのは……。

「大昔、この学校は罪人の処刑場でね。特に、理科室の隣の準備室は死体置き場だったらしい。恨みがたまりそうな場所だな。そのせいか今でも不思議なことが起こる。火の玉が飛んで幽霊が出たりするのだよ。だからいつも鍵をかけていて立入禁止だ。廊下側の入り口には、古いロッカーまで置いているくらいだからね。君たちは、子どもだけで絶対に近寄ってはダメだよ。恐ろしい幽霊が襲ってくるかもしれないからね」

三人は学校の塀を越えて運動場に入った。夜の学校は静かだ。体育館入口の電灯が不気味に点滅している。その蛍光灯は今にも切れそうだ。あたりの空気も、さっきまでいた境内よりは冷えている。不意にバサバサッと音がした。大きな蛾が、蜘蛛の巣にからまって暴れていたのだ。先頭を歩く隆は腕の鳥肌をそっと隠した。

理科準備室は北舎の一階だ。三人は無言で足を早めた。準備室の窓際まで近づくと、そこだけカーテンが少し開いていた。まるで三人を待っていたかのように……。

まず、隆が恐る恐る中を覗き込んだ。準備室は暗闇の世界だ。窓ガラスが曇っているせいか、もやっとしている感じもある。

「あっ！」

隆が固まった。小さな火の玉が見えたのだ。おまけに何者かが椅子に座っている。

「ゆ、幽霊？」

後ろにいた修と誠も固まった。ほどなく、その何者かが立ち上がった。

「うわっ、襲われる！」

目を大きく見開いた隆が逃げ出すと、あとの二人もあわててその後を追った。

ギーッと、隣の理科室側からのドアが開いた。

「失礼します」

生徒指導の先生が準備室に入ってきた。

「ご苦労さん」

教頭がしゃがれ声で答えた。

「今年は九時までに全員帰しました」

「よし、おかげでルールの徹底ができたよ。まあ、一服してから宿直室へ行ってくれ」

教頭がポケットからタバコを取り出した。

「ありがとうございます」

当時、理科準備室は夜の喫煙室として利用されていたのだ。

小さな火の玉が二つになった。

饅頭《まんじゅう》先生

ボクは、花吹雪舞う郊外の斎場にいた。恩師の告別式に参列していたのだ。石塚先生、いや饅頭先生とのお別れだった。

先生はよく「右手にチョーク、左手には饅頭」というスタイルで算数を教えてくれた。おはじきやブロックの代わりが饅頭だった。放課後になると、教具にした饅頭を一人で食べていた。ボクが「たまには食べさせてよ」と言ったら、「だめだよ。また、校長に叱られるからな。ガッハハ！」と、先生は豪快に笑い飛ばした。

ボクの頭の奥で昔の映像が回り始めた。饅頭好きの甘党なのに大酒飲みだった先生。広島への修学旅行の夜は、もみじ饅頭を肴に一晩中飲んでいたらしい。だけど、本当はおねしょ癖がある昌司のために起きていたのだった。

平和公園で外国人に話しかけられて、英語がわからず困っていた先生。でも、ボクらの気持ちはよくわかってくれた。今日の告別式も、ボクのような教え子で斎場は埋め尽くされていた。よくいじめられていた昌司もボクの隣にいる。遠足でも独りぼっちだった昌司は、先生と弁当を食べていた。言っては悪いが、当時はいつも鼻水を垂らして汚い服を着ていた昌司。その昌司を膝に乗せ、「ガッハハ！」と笑う先生の姿からボクは大切なことを教わった。

ボクが万引きをして捕まったときも、先生は真っ先にかけつけてくれた。そのとき、ボクの両親は離婚で揉めていた。先生はそのことを知っていて、包み込むような口調で叱ってくれたのだ。ボクが十分反省したことがわかると、先生は店の人に土下座までして謝ってくれた。その帰り道、ボクは初めて饅頭を食べさせてもらった。あのときの先生のおかげで、ボクは曲がることなく大人になれたと思っている。

告別式の香典返しは、やっぱり饅頭だった。

「♪ソーダー村のソーダー村長、ソーダー飲んで死んだそうだ。葬式饅頭でっかいそうだ」

突然、幼い子が歌う変な歌が聞こえた。振り向くと、あわてた母親がその子の口をふさいでいた。そのとき、ボクには先生の声が聞こえてきた。

（ダメだよ。俺の葬式でそんな歌を歌うなんて。ガッハハ！）

先生のしゃがれた声は、どこか懐かしく温かい。そういえばこんな子どもを、先生はいつも大切にしていた。

喪主の挨拶が終わり、先生の棺が霊柩車に運び込まれた。棺の中で、先生は菊の花に埋まっていた。宮型の車には、桜の花びらがいくつもついている。先生はいつもユーモアがあって楽しかったけど、それだけにストレスもあったことでしょう。先生の個性をよしとしない管理職もいたのではないですか。だから、あんなに饅頭やお酒を……。

まだ定年前だった先生は、重い糖尿病と肝硬変を患っていたのだ。急に目頭が熱くなり涙が込み上げてきた。隣の昌司も涙目でつぶやいた。

「先生、間に合わなくてすみません」

合併症で足が不自由になった先生のために、昌司は義足を作ろうとしていた。猛勉強して、義肢装具士の資格を取ったらしいのだ。

少し強めの風が吹き始めた。風にあおられた桜の花びらが、ひらひらと香典返しの紙袋に舞い込んできた。袋を開くと、花びらが饅頭の包に貼りついている。指でつまんだ花びらは、柔らかくて温かかった。

(その饅頭を食べて、俺の分までがんばってくれ。ガッハハ!)

先生は、最後まで饅頭先生だった。

この春、ボクは大学を卒業した。

そして、もうすぐ小学校の教壇に立つ。

スピーチの達人

ピカッ！　ゴロゴロゴロ……。

突然、春雷が発生した。小学校の真上ではないかと子どもたちが騒いでいる。もうすぐ卒業式なので無理もない。西校長はそれをしりめに余裕の表情だった。

——学校には避雷針がある。それに、私にはこれがあるから卒業式も楽勝だよ。ふふふ。

西校長は「スピーチの達人」を燕尾服のポケットに忍ばせていた。このスマホに似た機器は、某ベンチャー企業が開発したものだ。校長はスピーチが多い仕事である。校内はもとより校外での依頼も多い。スピーチのためのタネ本は数多く存在するが、この機器さえあれば自分の代わりに全自動でスピーチをしてくれる。しかも、その声は西校長と全く同じ。口パクも、バレないよう遠隔操作でコントロールしてくれるという優れものだ。まだ試作品のため、西校長はモニターとして使っていた。すでに運動会、音楽会、避難訓練でのスピーチや、校外での私的な会でも利用していたのである。

——どのスピーチも完璧だった。今日の式辞もノー原稿で楽々スピーチできる。ふふふ。

いよいよ卒業式が始まり、すぐに式辞のときがやってきた。演台を前に胸を張った西校長は、カチッと「スピーチの達人」のスイッチを入れた。コンマ一秒で、スピーチと遠隔操作による口パクが始まった。

「卒業生の皆さん、卒業おめでとう！　ここから見える皆さんの顔は、とてもはつらつと輝いて見えます。そして、本日おいでくださいましたご家族をはじめ多くのお客様」

ピカッ！　ゴロゴロゴロ……。

また、春雷が発生した。

「より速く最後まで走りきりましょう。より力強く競い合いましょう。そして、しっかり応援もしましょう」

——ど、どうしたことだ。運動会のスピーチじゃないか。

「舞台で演奏する人、客席で聴く人の気持ちが一つになったとき、きっと素晴らしい時間が生まれることでしょう」

——音楽会だ。ま、まさか……。

「おさない、かけない、しゃべらない、もどらないは守れましたか？　この『おかしも』を守れないと、事故が起こってしまいます」

——避難訓練だ。さっきの雷のせいなのか？

「人生のパートナーを得て、将来に胸はずませていることでしょう。どうぞお二人で笑いの絶えない楽しい家庭を築いてください」

——披露宴だ。いかん。これまで使ったスピーチがランダムにつながっている。

「今夜は大いに飲み、食い、語り、無礼講で盛り上がりましょう。さぁ、ご唱和ください。乾杯！」

――ああ、忘年会まで……。

前代未聞のめちゃくちゃな式辞が続いた。機器からの強力な遠隔操作のため、ロパクもやめることができない。考えられない異変に式場はざわつき始めた。

ピカッ！　ゴロゴロゴロ……。

カチッ。

今度はスイッチが切れた。

――やはり雷に弱いのか。よし、今のうちに何とかしないと。

「皆さん、私語を止めて落ち着きましょう。これからの長い人生には思わぬ事も起こります。そんなときも落ち着いて、冷静な対応をしてほしいと願っています。そういう思いもあり、わざとこんな話をしたのです。さて、本日ご列席くださいましたご家族の皆様」

ピカッ！　ゴロゴロゴロ……。

カチッ。

「このたびは、誠にご愁傷さまでございます」

天国アクセサリー

私は悪い病気にかかり、あっという間に死んでしまった。定年後も、再任用で働いたのが原因だろうか。いや、ひょっとして誰かの呪いかもしれない。教え子をえこひいきしたり、保護者からの苦情を無視したり、同僚の若い教師をこきつかったり、管理職に逆らったりしてきた。かなり嫌われていたから、藁《わら》人形に五寸釘を打ち付けられたのかも。ああ、もうすぐ年金も入って、のんびり暮らすはずだったのに……。

白装束で額に三角の布をつけた私は、一本道をとぼとぼ歩いていた。道の両側には、赤鬼や青鬼が睨《にら》みを利かせている。あたりには、私と同じような亡者が列をなしていた。

「田代先生ではありませんか？」

突然、後ろから背の高い若者が声をかけてきた。

「先生、なつかしいです。先生も亡くなられたのですね」

私のかつての教え子、翔太だった。高校からの帰り道、突然の交通事故に遭ってしまったという。それも驚いたが、翔太の姿に私はたまげた。白装束に三角の布は同じだが、全身がきらきら輝いていたのだ。金のピアス、イアリング、ネックレス、ブローチ、指輪、ブレスレット、簪《かんざし》までつけている。それも、数えきれないほどたくさん……。

「君は、そういう趣味があったのか？」

「いや、先生、誤解しないでください。ボクも変だと思って、道端の鬼に訊いたのですよ。そしたら、これは天国アクセサリーというもので……」

鬼が言うには、今どきの人間はよい行いをするたび、金のアクセサリーが身についていく。生前は全く見えないが、死んだら見えるアクセサリーだ。これが多いほど確実に天国に行けるのだ。昔より人間の数が増えたので、閻魔《えんま》大王が一目でわかるように変えたという。翔太は確かによい子で、将来楽しみな教え子だった。性格が悪い私とは大違いだ。私は常に自分ファーストで、勤務時間だけ働き、平気で年休を取る教師だったからな。ああ、どうやら地獄行きなのか。私はチッと舌打ちをした。

「田代先生も、指輪を二つしているじゃないですか」

私の気持ちを察したように、翔太が教えてくれた。手を見ると、両方の小指に金の指輪があった。なぜだろう？

ほどなく、閻魔大王の前にやってきた。閻魔大王は大股を開き、椅子にふんぞり返って座っている。

「お前は指輪二つか。還暦を過ぎたわりには少ないが、まあ、いいだろう。天国へ行け」

天国ならありがたいことだ。ほっとした私は、ダメ元で閻魔大王に訊いてみた。

「どうして私は、金の指輪を二つもらえたのでしょうか？」

「うむ、知りたいのなら教えてやろう。一つは、年金をもらう直前に亡くなったことだ。お前の受給分、他の人間のためになるからな」

ガクッとくる理由だった。閻魔大王は続けた。

「もう一つは、教え子に恵まれたのだよ。例えば、すぐ後ろにいる翔太もそうだ。若いのに、これほど金ピカなのは珍しい。お前は、その恩師だからな」

「はあ、確かに五年生のときの担任ではありますが……」

にやりとした閻魔大王は、さらに続けた。

「お前のようになりたくないと、翔太は一生懸命努力したのだ。お前は、立派な反面教師だったのだよ」

校長の砂時計

「うわっ！　お、お前は死神か」

赤ら顔の北校長が目を丸くした。突然、ドクロ顔の男が、校長室の壁からぬっと出てきたのだ。その手には長い鎌を持っている。

死神は北に謝り始めた。

「私の弟子が、あなたの砂時計を割ってしまいました。◎▲&☆◆この過ちで、あなたの寿命に危機をもたらしたのです。◎▲&☆◆これは百年に一度の大失態です。◎▲&☆◆誠に申し訳ありませんでした」

死神が深々とお辞儀をした。途中に挟んだ「◎▲&☆◆」という音声は、北を従順にするための呪文だった。

「意味がよくわからないのだが……」

ふだんの北なら、丸々した指で非常ベルを押し、大声で教頭を呼ぶところである。死神の呪文はよく効いていた。

「私の館には、人間の寿命が一目でわかる砂時計を並べております。それを新しくするときは、ご本人に選んでもらわねばなりません。ご足労おかけしますが今から私の館にお越しください」

黙ってうなずいた北は、死神に手を引かれて校長室の壁をすり抜けた。空気の質が一瞬のうちに変わった。そこは薄暗く、ひんやりした大きな館だった。じめじめした床一面には、無数の砂時計が置かれている。どれもガラスの中央がくびれたひょうたん型で、木製の枠の中に収まっていた。その高さは一メートルほどの大きなものだ。いたるところにドクロ顔がいて、木枠のてっぺんをせっせと布で拭いている。

「あれは私の弟子たちです。この作業中に、うっかりあなたの砂時計を割ってしまったのです」

「似た話を落語で聞いたことがある。確か寿命を表すのは、ろうそくだったような……」

「校長先生、それは大昔の話です。今は、便利なスイッチ付きの砂時計を使っています」

「あんなに木枠を拭かないとまずいのかね」

「じめじめした床の水分が、砂時計の木枠に染み込んでいきます。すると電気系統が故障して、スイッチが壊れることもあります。それで、一日一回は拭くようにしているのです」

「でも、砂が下に落ちていないのだけど」

「拭き取り作業中はスイッチを切っています」

「その間の寿命は？」

「スイッチを入れると、止まっていたぶんの砂が瞬時に落ちる仕組みです。さて、それでは新しい砂時計を選んでください」

　北の前に十個の砂時計が運ばれてきた。運んできた弟子たちが、一斉に十個の木枠のてっぺんを拭き始めた。くびれから上の砂の量はまちまちだ。

――そりゃ、上半分の砂が一番多いのがいいに決まっている。

北は、迷わず右端の砂時計を指差した。

「了解です。この瞬間から、右端の砂時計があなたの寿命を表します。本日はお忙しい中お時間をいただき、誠にありがとうございました。」

再び死神に手を引かれた北は、館の壁をすり抜けた。そこは、さっきまでいた校長室だった。どかっと肘掛け椅子に座った北は、その太鼓腹をぽんと叩いた。

――あの砂時計なら長生きできそうだ。ドクターストップだった酒とタバコは解禁だな。

「死神さんに感謝だよ。はっはっはっ……」

北の高笑いが校長室に響いた。死神も満足そうにうなずいている。

館にもどってきた死神は、弟子たちに指示をした。

「よーし、拭き取り作業は終了だ」

「了解です」

「砂時計を元にもどして、スイッチを入れてくれ」

「了解です。よいしょ！」カチッ。

「よいしょ！」カチッ。

……。

弟子たちは、次々に砂時計をひっくり返してスイッチを入れてゆく。

残念な北の砂時計。その落ちゆく砂を見つめながら、死神が薄ら笑いを浮かべた。

目撃者の証言

休み明けの午後のこと。一人の男子中学生が交番にやってきた。

「あのう、カツアゲをされて……」

その話によると、ラーメン屋の前で因縁をつけられてしまった。相手はサングラスの見知らぬ男。隣のビルとの隙間に連れ込まれ、財布を巻き上げられたという訴えである。

ブルドック似の巡査が近寄ってきて言った。

「そのあたりに監視カメラはないのだよ。誰か目撃者はいないかね？」

「います。同級生が目撃してくれました」

中学生が電話をかけると、すぐに同級生がやってきた。

「ボクは向かいの図書館にいました。その三階から絡まれているのを見たのです」

「ほう、図書館の三階から……」

巡査が椅子にどかっと座り込んだ。

「前に似たようなことがあったな。その子は友だちを目撃者にして、お年玉をカツアゲされたことにしたのだよ」

眉根を寄せた巡査が抑えた口調で言った。

「カツアゲを理由に、また親からお年玉をもらっていてね。警察にきたのは偽装工作だったわけだ。君らもその類じゃないのかね？」

二人が急に声を失った。

「無駄な捜査をさせると公務執行妨害だ。親や学校にも連絡する。内申に響くぞ。おい、どうなんだ！」

声を荒らげた巡査が机を叩いた。観念した二人は視線を落として嘘を認めた。

「君たち、なぜ嘘がバレたかわかるかね？」

巡査の問いに、二人とも黙って首を振るばかりだ。

「教えてあげよう。目撃者の証言だよ」

二人はきょとんとしたままだ。

巡査はわざとらしく言葉を区切って言った。

「今日は、休み明けの、月曜だ。いいかね、図書館は、休館日、なのだよ」

呪い爺

　五年生を引率して列車に乗った。これから一泊二日の合宿が始まる。あと一時間と少し乗れば海の王迎《おうむかえ》駅。駅からは徒歩十分で青少年の家に着く。私は、校長なので団長という立場だ。野外活動の多い合宿というものは、子どもたちの命を預かっていくものである。修学旅行ではないので添乗員さんはいない。しかも、あの電話のせいで気が重い出発となっていた。

　それは、早朝かかってきた電話だった。

「こらっ！　小学生に畑を荒らされた。呪ってやる！」

ガチャン！

ベテランの教頭によると、呪い爺の仕業だろうということだった。数年に一度あることらしい。匿名の電話だが、そのしわがれた声には威圧感があった。噂では、陰陽道の術を操る爺さんらしいのだ。よりによって、合宿の出発の朝にかけてくるとは……。

列車はいくつかの峠を越え、須崎の町を走る。数人のお遍路さんの姿も見られた。ときおり岩場越しの海が見えると、子どもたちの歓声が上がる。そのたびに、担任が指導を入れた。列車でのマナーも教える必要があるのだ。窪川駅に近づくにつれ、小雨が降り始めた。予報では曇りだったのに……。

その後も雨は降り続いた。山が海岸に迫っているのでトンネルが多い。左手には雄大な太平洋が眺められた。そして、予定通りに海の王迎駅に到着。変わった駅名だが、出発式で担任がそのいわれを説明していた。

「鎌倉時代に後醍醐天皇の子、尊良《たかよし》親王が流刑された地で、海から王を迎えた地ということで名づけられたのですよ」

列車を降りたとたん、本降りになった。傘はあるものの、足元を濡らしながら青少年の家へ急いだ。

　結局、予定の磯遊びは中止。竹とんぼ作りに変更した。夜のキャンプファイヤーも中止だ。天気予報は雨に変わっていた。まさか呪いでは……と、呪い爺からの電話が頭をかすめた。

　二日目は大雨警報まで出ていた。活動は室内でのゲームに変更せざるを得ない。そこへ青少年の家の職員がやってきた。

「大雨で、窪川から須崎まで不通です。JRでは帰れませんね」

「うーん、もう一泊はできないかね？」

「いや、食事の対応ができませんので……」

担任とともに頭を抱えていると、教頭から電話があった。

「今朝も、呪い爺から電話がありました」

「えっ、またか」

「今朝はですねえ、すまんかった。畑を荒らしたのは保育園の子だった。小学校の呪いは解いたから安心しろ。ガチャン！　でした」

　すると、また青少年の家の職員がやってきた。

「国道は通行できるので、地元のバスが使えます」

「費用は？」

「ＪＲの払い戻し料金でいいそうです。頼みますか？」

渡りに船の対応だった。

「ありがとう。それは助かるよ」

バスは青少年の家まで迎えにきてくれた。もう足元を濡らすことはない。ガイドさんはいないが、車内は合宿で習った室内ゲームで盛り上がった。列車ではこうはいかない。呪いが一気に解けた感じだ。合宿は、子どもたちの笑顔と歓声で幕を閉じた。

実は、この日のこと。保育園では、保育士が急に三人休んだらしい。あの小さな園で三人も休めば、てんてこ舞いだったことだろう。呪い爺の電話を知る関係者は「お気の毒に」と、同情を寄せていた。

その後、私の着任中に呪い爺からの電話はなかった。

退職した今でも「呪い」という言葉を聞くたびに、あの合宿のことを思い出す。

もちろん、呪いの真偽は定かではない。

きもだめし

「よし、俺から行くぞ」

政也の声に卓巳と俊がうなずいた。同じ部屋の他の子どもたちはもう眠っている。これから、野球部だけのきもだめしが始まろうとしていた。五年生の学校行事、一泊二日の合宿でのことだ。時計はもう夜中の十二時を回っている。窓から見える黒い山は、三人にはうずくまった獣のように見えていた。

まず、次期キャプテン候補の政也が部屋を出ていった。できるだけたくさんの空気を吸い込んだ政也は、息を殺し、視線を集中させて進んでゆく。行き先はこの青少年の家の玄関ホールだ。広いホールの壁面には大きな鏡があった。野球部で噂のお化け鏡だ。その前に立ち、映ったものを見るといううきもだめしだった。先輩たちの話では、ときどきありえないことが起こるという。

「最悪の場合、鏡の中に引き込まれることもあるらしいぞ」

そう脅かす先輩もいたのだが……。


「何も起こらなかったよ」

ほどなく、笑顔の政也がもどってきた。

「よし、次は俺が行く」

次期クリーンアップ候補の卓巳が、部屋のドアノブに手をかけた。

「先生の見回りに気をつけろよ」

政也がその背に声をかける。秘密のきもだめしがばれると、大目玉を食うのは間違いないからだ。


「楽勝だったよ」

卓巳も笑顔でもどってきた。そして、いよいよ俊の番がきた。俊は、政也や卓巳と違ってシャイな少年。万年補欠として、いつもベンチでくすぶっていた。

「ヤバイなぁ……」

ぼそっとつぶやいた俊は、震える右手でドアノブを回した。

「ドンマイ、ドンマイ」

すかさず政也と卓巳が声をかける。顔を強ばらせた俊は、うつむき加減に部屋を出ていった。


ガチャリ。

ドアが開き、俊が胸を張ってもどってきた。

「何となく鏡に触ってみたんだ」

そう話す俊の目は爛々としていた。

「マジか？」

政也と卓巳が表情を強ばらせた。

「そしたら、手がズボッと鏡の中に入ってしまったよ。まあ、何とかもどってきたけどね」

いつもよりハキハキ話す俊に、政也と卓巳は顔を見合わせた。

そのとき、ガチャリとドアが開いた。

「こらっ！　まだ起きていたのか」

懐中電灯を持った先生が立っていた。暗い廊下に正座させられた三人は、先生の長い説教を聞くはめになってしまった。

翌年のこと。六年生になった三人は野球部で活躍していた。政也はキャプテン、卓巳は三番打者、そして俊もレギュラーになっていた。新チームは連戦連勝と破竹の勢いだ。ただし政也と卓巳だけは、あの合宿でのきもだめしが、今でも心に引っ掛かっていた。先生にこっぴどく叱られたからではない。俊のことだ。

「あのとき、俊はお化け鏡に引き込まれたんじゃないか？」

政也が卓巳に問いかけた。

「うん、そのとき鏡の中の俊と入れ替わったのかもしれない」

腕組みをした卓巳がそう返答した。

「きっとそうだよ。だって万年補欠の俊が今はエースで四番だ。おかしいよ」

今日の試合も、俊の投打にわたる大活躍で勝っていた。

「うん、ありえない。それに合宿までは右投げ右打ちだった俊が……」

首を傾げた二人が同時につぶやいた。

「左投げ左打ちになるなんて」

お知らせドア

「では、そういうことで」

校長室で、私は後任の渡瀬君への引継ぎを終えようとしていた。県教委にいたという渡瀬君は、生真面目そうな風貌をしていた。私は彼に「お知らせドア」のことを言おうか、やめておこうかと迷っていた。

五年前、私が引継ぎを受けたときのこと。前任の校長から、「お知らせドア」のことを聞いた。それは不思議な話だった。校長室のドアが、ノックもなく「ガチャリ」と開くことがある。廊下側の引き戸ではなく、職員室とつながっている西側のほうだ。それは昔から西小学校にいる霊の仕業で、「大きな危機が迫っている」とのお知らせなのだ。前任の校長は、理科室での事故を未然に防げたという。私も、危機回避ができたと思えることがあった。「ガチャリ」とドアが開くと同時に、雷鳴が聞こえたことがあったのだ。もしやと思いプールに急ぐとまだ水泳をやっていた。「雷が鳴れば水泳は中止」という規則違反だった。私は急いで子どもたちを教室に戻らせた。その数分後、本当に落雷があった。見学者席近くの大木を直撃したのである。

「今日は引継ぎをありがとうございました」

深々と頭を下げた渡瀬君が、少し眉をひそめて言った。

「委員会時代に、学校に霊がいるという報告を受けたことがありました。その校長はお祓いを頼んだり、お守りを身につけたりしていたのです。本当に非科学的な話なのであきれました。もし保護者に知れたら、騒ぎになりかねないことです。でも、西小学校ではそんな話もないようでよかったです」

彼のこの発言で、私は「お知らせドア」の話はしないことに決めた。

ガチャリ。

そのとき、西側のドアが数センチだけ開いた。私はすぐに駆け寄り、ドアを全開して職員室を見回したが誰もいない。これは霊からのお知らせなのか？　でも、今どんな危機が迫っているのかピンとこない。私は今日で退職だし、子どもたちは春休み中だった。

「このドアノブは少し古びてきたな。では、あとをよろしく」

　私は、渡瀬君への引継ぎを終えた。

　新年度になった四月も半ばのこと。朝刊を開いた私は、思わず新聞を落としそうになった。勤務していた学校の不祥事が載っていたのだ。「教員が個人情報の入ったＵＳＢを紛失」という記事だった。さらに、数日後にも「不審火でボヤ騒ぎ」という記事まで出た。立て続けに悪い記事が新聞に載るなんて。私は渡瀬君に励ましの電話をかけた。

「……はい、ありがとうございます。信頼を取り戻すよう頑張っていきます」

　渡瀬君が頭を下げている様子が目に浮かんだ。私も自分を責めていた。そういえば最後にドアが「ガチャリ」と開いたのは、「お知らせドア」を話さないことに決めた直後だった。あれは「ちゃんと引継げ」という、霊からの警告だったのかもしれない。渡瀬君にどう思われてもいいので、今からでも伝えておこう。

「ところで、西側のドアのことだけど……」

「はい、やはりドアノブが古びていたので、リフォームすることにしました」

「えっ？」

「ここにはＵＳＢを入れた書庫もありますし、出入り口を一つにする計画です」

「一つに？」

「はい、西側のドアは撤去して、壁にしたいと思います」

「渡瀬君、実はね……」

私は「お知らせドア」の話をした。


あれからもう四年。西側のドアはそのままの状態で残っているらしい。渡瀬君も昨年退職して、今は新しい校長が着任している。

私の知る限り、その後の西小学校では、ニュースになるような不祥事は起こっていない。今の校長も、きっと「お知らせドア」のことを伝えられているのだろう。

竹の湯かべ新聞

押入れの整理をしていた幸子が、古びた模造紙を見つけた。それは、昭和四十五年七月発行の「竹の湯かべ新聞」だった。若竹小学校六年三組の同級生が作ったものだ。

——あら、なつかしいわ。

老眼鏡をかけた幸子は、薄く滲みかけた文字を読み始めた。

『友だちと背中の流しっこをして楽しかった。でも、あんまりキャーキャーさわいだので「うるさい！」と、かべの向こうからどなられてしまった。あれは、背中に絵をかいているおじさんかもしれない。さっちゃんは番台にいて、そんなおじさんがきたらこわくないですか？　毎日手伝いをするさっちゃんは、とてもえらいと思います。（前田）』

『私は大きな富士山の絵が大好きです。じょうずなペンキ絵だとお母さんも言っていました。男湯も同じ絵ですか？　さっちゃんはそうじもしていると言っていたから、両方見れていいな。でも、広いからたいへんではないですか？　これからもがんばってね。（森田）』

『初めて電気のおふろに入りました。ゆっくり入ろうとしたのに、妹がおしてきて、すごい電気ショックをうけてしまいました。さっちゃん、電気のおふろはやめにして、薬湯だけにしてください。それと、せん風機をふやしてくれたら、すぐにかみの毛がかわいてうれしいです。（岡林）』

皆、硬筆の時間のようなていねいな字で書いていた。余白には可愛いイラストまで描かれている。

次からは男子の記事。女子は縦書きだったが男子は横書きだ。

『ゆうべは3番のロッカーが使えてうれしかった。そうでないと、やなぎごうりに入れないといけない。こうりはぬいだものがまる見えなのでやめてほしい。3番のロッカーがもっとふえるといいな。色を変えて、赤の3番とか青の3番とか作ればいいのに。さっちゃん、社長になったらそうしてください。（秋沢）』

――秋沢君は長嶋の大ファンだったな。うふっ、風呂屋は社長とは言わないわ。

『きのう体重計に乗った。先週より一キロふえていた。お父さんも喜んでくれた。さっちゃんはいつでもはかれてうらやましいな。今度遊びに行ったとき、こっそり体重だけはからせてください。（山口）』

――山口君はちっちゃかったわね。その気持ちはよくわかる。あの時代、家には体重計なんてないわよね。あるのは病院か保健室くらいかな。でも、きっと今なら体重は減っていたほうがうれしいわよね。うふふ。

『たまにコーヒー牛にゅうをのみます。ふろ上がりは百倍おいしいです。竹の湯のは、いつもキンキンに冷えています。さっちゃんは、売れ残ったらのませてもらえるのかな？　そうだったらすごいな。ぼくの家もおふろ屋さんだったらいいのに。（野崎）』

――あら、こんなこと書いてたんだ。

最後に、先生からのメッセージもあった。

『川本幸子さんへ　「竹の湯」をテーマにしたかべ新聞です。これを読んだ幸子さんが元気になって、またいっしょに勉強できるといいですね。その願いをこめて、先生も一句詠みました。「竹の湯は　洋服いらずの　社交場」では、また。（高橋）』

　幸子は、半世紀以上前のことを鮮やかに思い出した。かべ新聞を届けてくれた高橋先生は、初めての男の先生だった。怒ると怖い先生だったが、そのときは優しく励ましてくれたのだ。

「帰りの会のとき、幸子さんを心配する発表があってね。それで臨時の学級会をしたのだよ。どうやら幸子さんが番台に座ったことで、ひどいことを言われたようだね。でも、もう大丈夫。だってお父さんが急病で倒れて、幸子さんが手伝わないと営業できないのだからね。そのあたりの事情を先生は話しました。みんな真剣に聞いていたよ。この新聞も、野崎君が提案して作ったものなんだ。野崎君は、これから毎日コーヒー牛乳を飲むと約束していたよ。幸子さんの味方は、いっぱいいるんだね」

　当時は、はにかんでうつむいたままの幸子だった。

――うん、そうだった。この新聞を何度も何度も読み返したわ。

　元気を取りもどした幸子は、翌日から登校できるようになった。しかし、父の病状は快復しなかった。結局、半年後に竹の湯は廃業したのである。

その後も、山あり谷ありの人生だった幸子だが、今はもう孫のいる歳だ。苦楽を共にした夫も天国へ旅立ち、もうすぐ息子夫婦と同居することになる。押入れの整理は、そのための準備だった。

チーン！

仏壇の鈴《りん》を鳴らした幸子が、亡き夫の位牌《いはい》をじっと見つめた。

――あなた、ありがとう。廃業する日まで、本当に毎日飲んでくれたわよね。

目を細めた野崎幸子が、キンキンに冷えたコーヒー牛乳を仏壇に供えた。

花を踏む人

「校長先生、中庭の花壇が踏み荒らされていました」

教頭からの報告に私は耳を疑った。よりによってあの上原さんからの花を……。

上原さんは、交通事故で一人息子を亡くしていた。その後、体調を崩してＰＴＡ役員を辞退した保護者だ。それなのに、昨日は花の苗を寄贈してくれていた。村の婦人会の活動を見て、真似をしたのだという。久しぶりに見た上原さんはかなりやつれていた。いつも凛として品のある女性だったので、その姿には心が痛んだ。

私は臨時の職員朝会を開いて情報を集めた。教頭と取りまとめたところ『深夜の犯行で本校の児童の悪戯ではない。素行の悪い中学生か、前に情報があった不審者の仕業ではないか』という結論に至った。

　昼すぎのこと、上原さんが花壇を見たいと訪ねてきた。私は事実だけを伝えて理解を求めた。するとその夕方、また上原さんがたくさんの花の苗を届けてくれた。恐縮して受け取った私は、すぐに駐在所に出向いた。この村の駐在さんは、地域からの信頼が厚いベテランだ。さっそく、今夜から学校のパトロールをしましょうと言ってくれた。

　そして翌朝のこと。また、花壇が荒らされていた。昨日よりもっと酷い荒らされようだ。教頭からの報告では、素行の悪い中学生にはアリバイがあったとのこと。頭を抱えた私のもとに、駐在さんが訪ねてきて言った。

「すべてはお話しできませんが、もう大丈夫でしょう」

　これは不審者の仕業に違いない。そう考えた私は、自腹で花の苗を用意して花壇を整えた。

　その週末のバザーの日、校長室に上原さんが訪ねてきた。体調不良でしばらく入院するという。私はこれまでの経過を報告し、二度も不快な思いをさせたことを詫びた。上原さんは狼狽したように背を向けた。私は正直に伝えてしまったことを後悔した。

年が明け、短い三学期が終わって春休みに入った。思わぬ異動となっていた私は、恒例の挨拶回りを始めた。この村の中を、こんなに歩くのは久しぶりのことだった。私は、遠くに連なる緑の山並みに見とれていた。ああ、四月からは別の学校になるのか……。

お世話になった各所を回った私は、最後に駐在所に立ち寄った。すると待っていたかのように、駐在さんが笑顔で迎えてくれた。

「校長先生には大変お世話になりました。新天地でもご活躍を」

「こちらこそ、本当にありがとうございました」

「ところで、校長先生。実は……」

真顔になった駐在さんが、急に声のトーンを落とした。

駐在所を出て通学路を学校に向かうと、道端に花を植えている女性たちがいた。

村の婦人会の活動のようだ。

「校長先生！」

つばのある帽子の女性が、すっくと立ち上がった。帽子を取り深々と頭を下げたのは、あの上原さんだった。柔らかな春の風が私の首筋をなでてゆく。目の前の上原さんは、以前の凛として品のある女性にもどっていた。

「上原さん、お元気そうで何よりです」

退院した上原さんは、誘われて婦人会に入ったと品よく微笑んだ。

「校長先生、実はわたし……」

突然、上原さんが目を閉じた。全てを察した私は上原さんの言葉を遮った。

「いやー、よかった、よかった。お元気そうでなによりです。本当によかった」

駐在さんの話によると、花壇を荒らしたのはこの上原さんその人だったのだ。当時の上原さんは、夜になると感情のブレーキが効かなくなり、常軌を逸した行動が多くなっていたという。そういえば、息子さんの事故も夜のことだった。

「上原さん、いつもきれいな花をありがとうございます」

上原さんの閉じた目からは涙があふれていた。

思わず見上げた西の空には、緑の山並みに映える美しい夕焼け雲が浮かんでいた。

哲学なき者は去れ

「……ということで、真木先生を本校の授業研にお招きしました。先生は現役のとき『県下一の授業者』と称されたお方です。本日は研究授業の講評と、『私の授業哲学』という演題でお話しいただきます。それでは大きな拍手でお迎えください。真木先生、お願いいたします」

研究主任の講師紹介が終わるやいなや、真木はぴょんと跳び上がるように席を立った。そしてスキップを踏みながら、中央の講師席へと移動を始めた。

――最近は体調を崩されていたらしいが、お元気そうなのでよかった。でも……。

初老の真木を見つめる若い校長が眉根を寄せた。ごくりと水を飲み干した真木は、そのコップを床に叩きつけた。会議室に緊張が走る。校長が、近くの教員に割れたコップの片づけを目で知らせた。教員たちの背筋はぴんと伸びている。真木は何事もなかったかのように口を開いた。

「謙虚さと誠実さを持って授業力を磨くそうでなければよい授業者にはなれないこれがわしの授業哲学なのだでは授業力とは何かというと教材把握力指導技術力子ども把握力などの総合力で……」

真木の話には句読点がなかった。

——昔とは別人だ。これってもしや……。

校長が息を呑んだ。

「今日見た安井君の二等辺三角形の授業は一言で言えば概念づくりの授業だがとりあえず二等辺三角形は置いておいてわかりやすく他の例で話そう」

ここで真木は、新しいコップの水も飲み干した。そしてまたコップを床に叩きつけようとしたところを、素早く教頭が奪い取った。間一髪セーフだ。

「なかなかやるなお主名前は犬塚というのか最近の学校は先生も名札をつけている

ようだな一年生じゃあるまいしまあ犬塚というなら犬の例で話してやろうワンワンここに犬を知らない人がいたとする犬塚お前のことだその犬塚に犬というものを教えるとしたらどうするか？」

　立ち上がった真木が教頭の襟首を摑んだ。ありえない展開に会議室中が凍りついた。

「例えばシェパードの写真を見せてこういうのが犬ですはいわかりましたねという教え方もあるワンワンしかしプロならそんな低レベルの教え方ではいかんのだ」

――相変わらず句読点はないが、ワンワンが息継ぎの役目を果たしている。

　校長はぎこちなく笑った。

「だいたい算数というのはどんなに下手に教えてもわかる子はわかるという摩訶不思議な教科だがふつうの子はそれでは救われないワンワン他にもブルドッグやチワワなどの写真をたくさん見せてこういうのが犬ですよと教えるほうがもっとましな教え方だろう君もそう思わんかね」

　スキップを踏み始めた真木が、今度は研究主任のネクタイを剝《は》ぎ取った。真木はそれを自分の頭に巻いた。「まあまあ」と校長がなだめて何とか席にもどす。

「さあそのいろんな犬の写真を見せて教えればプロの教え方なのかいや違うなその

中に猫の写真を混ぜておいてこの三匹は犬だがこれは猫だというように教えないといかんワンワンつまり犬と猫の仲間分けをすることで犬の概念が深まるのだそうしないと四つ足で毛が生えている動物はすべて犬だと思う子もいるからなワンワンおっとここにでかい板チョコがあるじゃないかそれもわしの大好きなホワイトチョコだ」

　真木がホワイトボードにかぶりついた。校長が「まあまあ」となだめて席にもどす。

「さあその仲間分けをすればそれでいいのかお前たちはどう思うこらっ！　てめえら少しは意見を言ってみろ！」

「……」

「意見の出ない職場だなおいお前らやる気あるのかちゃんとした授業哲学を持っていないからそうなるのだこらっ！　哲学なき者は去れ！　ワンワンキャンキャンキャインキャイングルルガルル」

　全教員が下を向いた。

「いいかもっとよい教え方というのは教室に生きた犬を引っ張ってくるのだ本物の犬を見せればいろんなことがわかるだろうワンワン頭を撫でれば喜んで尻尾を振るとか怒ると吠えて噛みつくとか足の裏に肉球があるとかそういう発言を引き出すの

だ写真なんかより実物に触れることで犬の概念がより深まるだろうワンワン今日の題材は二等辺三角形だからこれまで話した犬のところを全て二等辺三角形に置き換えてわしの話を理解してくれたまえおっとこっちがホワイトチョコだったか」

　真木がチョークをかじり始めた。

「ま、真木先生、どうか保健室でうがいをしてから校長室においでください」

　ついに、校長が授業研を打ち切った。

　真木は、教頭と研究主任と養護教諭を引き連れて校長室に入ってきた。保健室でも、真木はコップを投げて窓ガラスを割っていた。

「真木先生、本日は誠にありがとうございました。一つ大事なことを聞きそびれておりまして、授業をした安井の評価はどうでしたでしょうか？」

「まあわしと比べれば教材把握力指導技術力子ども把握力などはどれも五十点以下だが見るべきものはあったワンワン安井君は安易に上から教え込んだりせず子どもの声を聞きつぶやきを拾い操作活動を大切にしようと努めていたから算数科としてちゃんとした授業哲学を持っておるワンワン若いのにわしが最も重視する謙虚さと誠実さを備えている教員だこの二つがあれば必ず授業力は磨かれていくので心配は

ないワンワンうんそうだ安井君は昔の君に似ているかもしれん今日の授業者に選んだのは君も安井君に期待しているからではないのか？」

「ありがとうございます。安井に伝えておきます」

「それと遅ればせながら校長就任おめでとう君はこんなまだらボケの老いぼれを講師に呼んでくれておまけにわしが傷つかぬよう配慮しながら対応してくれたワンワンそういうところが昔からの君のよさかもしれない今日のわしの講演は謙虚さや誠実さとは程遠いものだったが人の振り見て我が振り直せと思って許してくれ」

「先生……」

「明日からも君が校長として謙虚さと誠実さのある教員を育ててくれたまえそうすることで皆の授業力が向上するはずだワンワンおっとその封筒は今日の謝金なのか」

「はい、些少《さしょう》ですがお納めください」

「ドッグフードのほうがうれしいぞわはははははははははははは」

「はっ？」

「冗談だよおいここは笑うところじゃないか反応が鈍いヤツだなまあ君は昔からそういうことに疎いからなワンワンよしこれはいったん受け取るが改めて寄付させて

もらうよ」

真木が受け取った封筒を校長に返した。

「今日も途中の記憶がだいぶとんでいるので迷惑をかけた時間帯もあったことだろうもし壊したものがあればその穴埋めにでも使ってくれワンワンもし余れば子どもたちのために使ってくれ全ては君に一任するこんな老いぼれのわしにはもう授業哲学を語る資格はない最後にわし自身に言っておくことにするよこらっ！　哲学なき者は去れ！　ワンワンキャンキャンキャンキャインキャインキャイングルルガルル」

校長にお手をした真木は、四つ足で玄関へ走って行き、待機していたタクシーに乗り込んだ。

後を追ってきた校長は、去りゆくタクシーに深々と頭を下げた。

本書の作品はフィクションです。もし同一の名称があった場合も、実在する人物・団体等とは一切関係ありません。

あとがき

本書は、三つの章で構成されています。

Ⅰ章の「食い鉄列車」にはＳＦ、ファンタジー、ユーモア、ホラーなど、幅広いジャンルのショートショート（以下SSと略）をランダムに収録しました。私の作風が最も現れた章かもしれません。

Ⅱ章の「しばてん」は、昔話風のSSです。定番の昔話キャラに加えて、サウナの精霊トントゥ、江戸時代の幽霊なども登場して物語を紡ぎます。和風と洋風のSSをほぼ半々に配置しました。

Ⅲ章の「饅頭先生」は、学校関係のSSです。私の三十五年にわたる学校勤務は、多くの出会いに恵まれた素晴らしい時間でした。その幸せだった教師人生から閃《ひらめ》いたSSも多々あります。

人生といえば、私はよく次の言葉を思い浮かべます。

「人生とは冥土までの暇つぶし」

なかなか味わい深い言葉ですね。これは、「人生とは？」と問われたある大僧正の答えです。このあと「だからこそ、上等な暇つぶしをしなさい」と、大僧正は続けます。

本書のSSは、原稿用紙2枚から8枚までの小品です。つまり、暇つぶしにちょうどいいSS集なのかもしれません。

本書が、読者の皆様にとって「上等な暇つぶし」となることを願っています。

最後に、本書の出版に関して、書肆侃侃房代表の田島安江さん、担当編集の加藤芙美さんには大変お世話になりました。厚くお礼を申し上げます。

目代雄一

初出一覧

Ⅰ章

グレーゾーン	季刊高知№59
雑居ビルの怪	季刊高知№70
グルメ遍路	季刊高知№69

Ⅱ章

殿様の愛猫	季刊高知№75
燕の卵	季刊高知№75
幽霊かご	季刊高知№77

Ⅲ章

スピーチの達人	季刊高知№76
天国アクセサリー	季刊高知№78
校長の砂時計	季刊高知№74
きもだめし	季刊高知№72

※本書は、初出に加筆修正したものを掲載しました。
その他の26篇はすべて書き下ろしです。

著者プロフィール

目代雄一　（もくだい・ゆういち）

高知県生まれ。学校勤務を経て、現在はショートショート作家。著書に『切手の贈り物』、『森の美術館』、『デビルの仕業』があり、単行本とともに電子版も配信中。

装画　坂田優子
装幀　大村政之（クルール）
DTP　藤田瞳
編集　加藤芙美、田島安江

ショートショートの小箱3
開けてもいい玉手箱
2021年1月30日　第1刷発行

著　者　目代雄一
発行者　田島安江
発行所　株式会社 書肆侃侃房（しょしかんかんぼう）
〒810-0041 福岡市中央区大名2-8-18-501
tel 092-735-2802　fax 092-735-2792
http://www.kankanbou.com　info@kankanbou.com
印刷・製本　亜細亜印刷株式会社

ISBN978-4-86385-439-0 C0093

読者の心をくすぐるショート
ショートの小宇宙。

思わず引き込まれる！

そして最後に誰もがにんまり。

「なるほど、そうきたか！」

ショートショートの小箱2
「切手の贈り物」
目代雄一

四六判並製、176ページ
定価：本体1,300円＋税
ISBN978-4-86385-316-4　C0093

じんわり怖い、
ちょっぴりホッコリと……
小箱には余韻が残る33話が詰まっています。

ショートショートの小宇宙にはまった人は別の人生を生きている気分になれる！

今度、思いもよらない穴に落ちるのはあなたかもしれない。

ショートショートの小箱
「森の美術館」
目代雄一

四六判並製、168ページ
定価：本体1,300円＋税
ISBN978-4-86385-230-3　C0093
2刷

時には鬼、宇宙人、幽霊、妖怪、死神、地底人、デビル……などなどの奇妙な者たちの道案内であなたは「にやり」「どきり」「ほろり」の世界とその余韻が楽しめます！　全39篇。